光文社文庫

文庫書下ろし

四十九夜のキセキ

天野頌子

光 文 社

本書は書下ろしです。

目次

第一章　雷雨の夜、ブックカフェで

一

夜空を青白くかけぬける稲光
一瞬遅れてとどろく轟音《ごうおん》

鈴村里帆《すずむらりほ》は、思わず、雨傘の柄《え》をぎゅっと両手で握りしめた。

吉祥寺《きちじようじ》駅の周辺は高いビルばかりだし、人間に雷がおちることはまずないと頭では理解していても、足がすくむ。

「中央線ってば、どうして、よりによってこんな雷雨の夜に止まっちゃうかなぁ。いや、雷だから止まってるんだって、わかってるけど……」

里帆はため息をついた。

どこかの駅の近くで落雷があった影響で、中央線は運転を見合わせているらしい。ならば電車のかわりにバスかタクシーで帰りたいところだが、みんな考えることは同じなので、どちらも長蛇の列となっている。

残る選択肢は徒歩のみだが、いかんせん、夕立特有の、大粒の雨が地面にたたきつけるように降りそそぎ、スニーカーはすでにびしょ濡れである。

「もう九月も下旬だっていうのに、夕立ってどうなの」

里帆の唇が不満げに尖《とが》るが、ここで立ちつくしていても何の解決にもならない。

西荻窪《にしおぎくぼ》のマンションまでは、歩いて三十分ほどだが、電車が運転再開するまで、どこかで時間をつぶすしかなさそうだ。

「となると、あそこがいいかな……」

途中、何度も雷鳴に立ちすくみながら、里帆がたどりついたのは、ノクターンという小さなブックカフェだった。

半地下にある、静かでおちついた雰囲気の店で、美味《おい》しいコーヒーを飲みながらゆっくり本を読むことができるのだ。

やはり雨に降りこめられた人が多いせいか、いつになく混んでいる。

「相席になってしまいますが、かまいませんか？」

申し訳なさそうに店員に尋ねられたが、再び雷雨の中に戻るなんてとんでもない。スニーカーはもちろん、スカートのすそも、長い黒髪の毛先も、すっかり濡れそぼっているのだ。

「大丈夫です」

里帆が即答すると、二人がけのテーブル席に案内された。

先客は文庫本を読みふけっていて顔が見えないが、若い男性のようである。

「失礼します」

里帆が声をかけて椅子に腰をおろした時も、男性は軽くうなずいただけで顔をあげなかった。

グラスに半分以上残っているビールは、すっかり泡がぬけている。

何をそんなに夢中になって読んでいるのだろう。

ほとんど茶色にちかいほど黄ばんだ紙に、米粒よりも小さな文字が印刷されている。かなり年季の入った本のようだが、小説か、エッセーか、あるいは実用書か？

図書館司書という職業柄、気になったが、のぞきこむのも失礼だろう。

アイスコーヒーとサンドウィッチを注文すると、里帆もリュックから本をとりだした。

このブックカフェでは、店の蔵書を読むこともできるが、自分の本を持ち込んでもかまわない。

店主の趣味なのか、数十年前に刊行された本なども置いてあって興味深いのだが、今は、読みかけの本の続きが気になる。

しおりをはさんだページを開くと、あっという間に物語の世界にひきこまれていく。

雷鳴は砲声にかわり、雨音は波音にかきけされる
波しぶきまじりの潮風が白い帆を打つ
甲板を行き交う陽焼けした男たち

「同じ本だ」

ささやくような小さな声に引き戻されて、里帆の背筋を電流がかけぬけた。

ひとりごと?
なんて甘く、美しい、やわらかな声
まるで耳をとろかすような……

胸の動悸《どうき》をおしころして、そろそろと顔をあげると、むかいの席の男性が、文庫本を持ち上げて、カバーイラストを見せた。

白い帆をはった二隻の艦船が、波しぶきをたてて併走している。

アレグザンダー・ケントの『海の勇士／ボライソー・シリーズ四巻　栄光への航海』だ。

「あっ」

里帆は少なからず驚いた。

たまたま相席になった人が、同じ本を読んでいるなんて。

しかも、現在大ヒット中のベストセラー本ならともかく、ずいぶん前に刊行された作品で、おそらくもう絶版なのではないだろうか。

「すみません、読書の邪魔をして。でも、ホーンブロワーならまだしも、ボライソーを読んでいる人は珍しいから、つい」

かろうじて聞きとれる、ひそやかなささやき声。

図書館と違って、おしゃべりは禁止されていないが、他の客たちの邪魔にならないようにという配慮だろう。

少しかげのある、だが、端整な細面《ほそおもて》だった。

三十を少しこえたくらいだろうか。

肩まで届きそうな、やや長めの黒い髪は、軽く整えられている。

きりっとした眉、通った鼻筋に、深い漆黒《しっこく》の瞳。

鋭い眼差《まなざ》しに射ぬかれそうになって、里帆は思わず目をそらした。

とにかく目力がすごい。

「あ、ええ、本当にすごい偶然ですね。ホーンブロワーは海外ドラマが放映された時に復刊されましたけど、ボライソーの方は入手困難ですよね。電子書籍もでていないし」

ホーンブロワーも、ボライソーも、ナポレオン戦争時代の英国海軍士官を主人公とする海洋冒険小説だ。

「さすが司書さん、詳しいですね」

「え？」

「そこの井《い》の頭《かしら》図書館の司書さんですよね？　うちから近いので、時々、本を借りに行くんですよ。カウンターで受付してもらったこともあります」

「そうだったんですか」

こんな美声の利用者なんていただろうか。

忙しい時はいちいち利用者の顔を見る余裕などないから、覚えていないのは仕方がない。

マスクや眼鏡で、印象が大きくかわる人もいる。

でもこの耳をとろかす声は、一度でも聞いたら忘れられないはずだ。

いやでも、無言でカウンターに本を差しだすタイプの人かもしれないな、と、里帆は思い直した。

「イギリスの海洋冒険小説がお好きなんですか？」

「はい。海軍も海賊も大好きです。最初に読んだのは高校の図書室に入っていたホーンブロワー・シリーズで、その後、ラミジ艦長や、アダム・ホーンなど、手あたり次第に濫読《らんどく》しました。全部、寄贈本という判《はん》が押してあった気がします」

「地元の高校生たちに読んでほしいと思った方が、寄贈したのかもしれませんね」

里帆の言葉に、青年の口もとがほころぶ。

「ボライソー・シリーズもその頃、読んだんですが、さっきそこの書棚で十数年ぶりに再会して、本当にびっくりしました」

「そうだったんですか」

「司書さんが読んでいる『栄光への航海』はどうされたんですか？　古本屋で？」

「いえ、これは三年前に亡くなった父の蔵書です。去年、母がうちに段ボール五箱ぶん送ってきたんですけど、さすがに全部読むのは大変でしょう？　特にボライソーは三十冊もあるし。それで、ためしに一巻だけ読んでみて、好みじゃなかったら処分しようと思ってたんですけど、続きが気になって、もう四巻です」

「わかります、ホーンブロワーとはまた違う良さがあるんですよね。ホーンブロワーは読みましたか？　司書さん」

「鈴村です。鈴村里帆」

「僕は真野《まの》です。真野幸太郎《こうたろう》」

真野幸太郎。

聞き覚えがあるような気もするが、やはり思い出せない。

「それで、ホーンブロワーでしたね。全巻読みました。旧版の方が父の蔵書に入っていたので。海戦の場面が面白いのはもちろんですけど、あの独特のクセのあるホレイショ・ホーンブロワーの性格がとても魅力的で。正統派のヒーローとはちょっと違うんですけど、好きにならずにはいられませんよね」

「そうなんですよ！」

真野は嬉しそうに身をのりだしてうなずいた。

「そういえば父の蔵書の中に、英語の本が一冊だけ混じっていたんですけど、たしかホーンブロワーだった気がします。表紙を見ただけなので、断言はできませんが……」

「それはすごい。お宝ですよ」

真野がうっとりと感嘆の声をあげる。

「さしあげましょうか？」

「えっ、そんな貴重なものを⁉」

「あたし、英語はあんまり得意じゃなくて。それにまだ段ボールが三箱残っているし、たぶん、持っていても一生読まないような気がするんです。父には申し訳ないけど」

「実は僕も英語はからきしです……。でも、イラストだけでも見せてもらえると嬉しいかな」

真野は遠慮がちに答えたが、美しい声に期待と興奮がまじるのをおさえられない。

「じゃあ、まずはあの原書がホーンブロワーかどうかを確認してみますね」

「お願いします。これ、僕のSNSのIDです。もしホーンブロワーだったら連絡をもらえますか？　全然急がないので、お時間がある時にでも」

真野はスマートフォンにQRコードを表示して、里帆にさしだした。

里帆も自分のスマートフォンをリュックからだして、QRコードを読み込む。

「登録しました。今夜は無理かもしれませんが、近々、確認してみますね」

「よろしくお願いします」

真野が頭をさげると、軽くととのえられた黒い髪から、シャンプーの匂いがふわりとただよってきたのだった。

二

中央線の運転が再開され、ようやく里帆が西荻窪駅までたどりついたのは、夜十一時をまわってからだった。

あの激しかった雷雨は嘘のようにぴたりとやみ、路面の水たまりに街灯がゆらゆら揺れている。

里帆が住んでいるのは、西荻窪駅から歩いて七、八分のところにある古いマンションだ。おそらく築四十年をこえているが、そのぶん相場より家賃が安く、ペットの飼育も認められている。

階段をのぼり、二〇三号室に近づくと、ドアごしに里帆をよぶ大きな声がきこえてきた。

「ウナーン!」

ドアをあけると、あわい灰色の縞模様に青い瞳のソラが待ち構えていた。

甘えん坊の男の子は、いつも里帆をドアの前で出迎えてくれるのだ。

「ただいま、ソラ」

下駄箱の上にとびのり、大声でなき続けるソラの頭をぐりぐりなでた。

里帆が靴を脱いだころを見はからって、おもむろに姿をあらわすのは、焦げ茶色の縞模様にはしばみ色の瞳のアキだ。

「アキもただいま」

気難しいお姫さまは、里帆の姿を確認すると、黙ってひっこんでしまう。

しかし縞々の長い尻尾《しっぽ》がピンと上を向いているので、実は喜んでいるのが、ばればれなのだ。

ソラとアキは、三年前に、図書館の駐輪場でニーニーないていた四匹のうちの二匹である。

仔猫を見つけたのは、動物好きの館長だ。

四匹とも生後一ヶ月前後のよく似た顔立ちの仔猫だったので、おそらくきょうだいなのだろう。

どの子も汚れているが、たいそう愛らしい顔立ちをしている。

しかし館長の家にはすでにインコが二羽いるので、猫を同居させるわけにはいかないという。

急きょ里親募集のポスターをつくってはりだしたところ、四匹のうちの女の子二匹を、図書館の近所に住む一家がひきとってくれることになり、残った男の子と女の子を、猫好きの里帆がひきとることになったのである。

ちょうど父を亡くしたばかりで、漠然とした寂しさとともに、年収を上回る遺産を受け取った時期だったことも大きい。

ソラとアキは、顔は似ているが、性格は全然違う。

キャットフードひとつをとっても、ソラは好き嫌いなく、何でもガツガツ食べてくれるが、アキはとにかく好き嫌いが多い。しかも飽きっぽいので、ある日突然、「このご飯はもう食べない」と、右手で砂をかけるしぐさをする。

はたして今夜はどうかしら、と、里帆は毎日、ドキドキしながらアキにご飯をだしているのだ。

「ナーン、ナーン」

今夜もソラはずっと里帆の足にまとわりつきながら大声でないている。

いつもより帰宅が遅くなってしまったので、「ご飯、ご飯、早くご飯」と催促しているのだろう。

残業などで帰宅が遅くなった時にそなえ、里帆は必ず出かける前に、通称カリカリとよばれるドライフードを多めにだしておく。

今日も朝だしたドライフードがまだ少し残っているので、そんなに空腹のはずはないのだが、どうもソラにとっては、いつもだしてあるカリカリと朝晩のウェットフードは別腹のようなのだ。

「はいはい、ふたりの大好きなマグロだよ」

二個の猫ボウルそれぞれにウェットフードを入れ、十秒間レンジであたためてからケージの中に置く。

いつものようにソラはすぐにとんできてガツガツ食べはじめるが、アキはよんでもなかなかこない。

「今日のマグロも美味しいよ、食べてごらん」

なんとかアキをなだめすかし、食べはじめたのを見届けると、ようやく里帆は着替えることができる。

今日はもうブックカフェで食事をすませたし、お風呂に入ったら寝てもいいかな、と、思ったところで、玄関の隅に積みっぱなしの段ボール五箱が目に入った。

広島の母が送ってきた、父の蔵書だ。

「そうだ、ホーンブロワーの原書」

急がない、と、真野には言われたものの、あんなに期待に満ちた声をされては、放っておけない。

それにしても、本当に甘い、いい声だった。

思いだすだけで、背筋がゾクッとし、耳がとろける。

もしかして声優だろうか。

うっとりと思い返しながら、里帆は段ボールをあけた。

たしか原書のタイトルにホーンブロワーと入っていた気がするが、もしも違う本だったらどうしよう。

せめて海洋冒険小説だといいのだが。

段ボール箱に入っている本を掘り返していくと、箱にできた空間めがけて、するりとソラがとびこんできた。

猫はなぜか箱に入るのが好きだが、特にソラは箱に目がなく、大きな身体を無理矢理ねじこんでいく。

「はいはい、でてください」

ソラのふくよかな身体をかかえあげると、一番底から、埃《ほこり》のにおいがする洋書がでてきた。

タイトルは『Hornblower and the Hotspur』。

間違いなくホーンブロワーだ。『砲艦ホットスパー』と訳されている巻だろう。

「やった！」

真野の期待と興奮のまじった声を思い返し、里帆までつられて嬉しくなってしまう。

表紙に大きく描かれている海軍将校がおそらくホーンブロワーで、その傍《かたわ》らにいるのは副長のブッシュだろうか。

背景には強風に三色旗をはためかせながら進むフランス艦。

ペーパーバックという縦長の判型で、厚さのわりに軽い。おそらくこのザラッとした薄い紙に秘密があるのだろう。

イラストつきの表紙も黄ばんでいるが、本文ページは黄色を通りこして茶色くなっている。

いったいいつごろ刊行された本だろう。

奥付を探すと、巻末ではなく、扉の次のページだった。

英語が苦手でも数字は読める。

最初に出版されたのは一九六二年と書かれているが、これは単行本だろうか。

ペーパーバックでの初版は一九六九年で、何度も増刷をかさね、この本は一九八四年のものらしい。

里帆が生まれる前の本だ。

ペンギンブックスというイギリスの出版社名が記されているが、父はこのペーパーバックをどこで手にいれたのだろう。丸善《まるぜん》や紀伊國屋《きのくにや》書店などの洋書取り扱い店だろうか。あるいは海外旅行の記念に、現地で買い求めたのかもしれない。

父の幽霊がいたらきいてみたいものだが、残念ながら里帆は霊感ゼロである。

里帆は子供の頃からファンタジー系のライトノベルや漫画が好きで、父の本棚に並んでいる海洋冒険小説や歴史小説にはまったく興味がわかなかった。

そもそも日本で翻訳出版されている海洋冒険小説は、カバーイラストに描かれているのが帆船だけだったりするので、少女が手にとるにはハードルが高い。

ハンサムな海軍将校が表紙を飾っていたら、少しは興味がわいたかもしれないが。

父が生きているうちに自分がホーンブロワーを読んでいたら、いろいろ語り合えたかもしれない、と思うと、残念ではある。

「そうだ、イラスト」

真野はイラストに興味があるようだった。

里帆はぱーっと茶色いページを繰《く》ったが、どこを見ても文字ばかりで、本文中に挿絵《さしえ》は一枚も入っていない。

イラストはホーンブロワーたちが描かれた表紙のみである。

「何て言おう……」

さっきまでのはずんだ気持ちが、急速にしぼんでいく。

「本文中の挿絵はゼロだったって、事実を伝えるしかないんだけど」

今夜はもう遅いし、スマートフォンにメッセージを送るのははばかられる時間だ。

急用でもなければ朗報でもないし、また明日にでも知らせればいいか。

里帆はペーパーバックの表紙を撮影すると、仕事用のリュックにしまったのであった。

三

翌日は快晴だった。

九月もあと数日で終わりだが、思わず目を細めてしまうまぶしい陽射しには、夏の気配が濃く残っている。

里帆が勤めている井の頭図書館にはカフェもあるのだが、昼休みは気分転換を兼ねて外の飲食店に行くことが多い。

今日はひとりで近くにある和定食屋に入ると、カウンター席に腰をおろした。

焼き魚定食を注文して、スマートフォンのSNS画面をひらく。

昨夜の真野の嬉しそうな声を思いだすと心が痛むが、悪い返事は早い方がいい。

(こんにちは、昨夜ブックカフェで同じテーブルになった鈴村です)

(段ボールに入っていた原書は、やはり、ホーンブロワーでした)

ここまで打って、表紙の画像をおくる。

(でも残念ながら、本文中に挿絵は入っていませんでした。文字ばかりです。それでもかまわなければさしあげますが)

三秒ほど迷ってから、送信ボタンをタップした。

がっかりされるだろうな、と、申し訳なく思う。

なかなか既読がつかない。

もしかしたら真野は勤務中、SNSを見られない職業なのかもしれない、と、思い直し、はこばれてきた秋刀魚《さんま》の塩焼きにレモンをしぼった。

いつもながらこの店の魚定食は絶品だ。

パリッと焼いた皮に、多めにふられた塩の加減が絶妙なのである。

それでもやはり気になって、チラチラとスマートフォンの画面を見たが、やはり既読はつかない。

里帆は落ち着かない気分のまま秋刀魚を平らげ、図書館に戻った。


里帆が勤めている武蔵野《むさしの》市立井の頭図書館は、吉祥寺駅から徒歩五分ほどのにぎやかな商業地区にあり、少し足をのばせば、緑豊かな井の頭公園が広がっている。

地上一、二階と地下一階の三フロアがあり、開館時間は午前九時半から午後八時まで。

仕事内容は、図書の貸し出し、問い合わせへの応対、破損した図書の補修、購入図書の選定、利用促進のための企画立案と報告書の作成、チラシやポスターの作成、季節ごとのディスプレイなど幅広い。

時には本のとりあいでけんかになった子供たちの仲裁をすることもある。

「エネルギーもチャージしたし、頭を切りかえて仕事に集中」

里帆は長い髪をきりりとくくり直すと、まずは食後の腹ごなしに、単純作業からとりかかることにした。

ちょうど昨夜から午前中にかけて返却されてきた図書がたまっていたので、背表紙のラベル順にならべてワゴンにのせ、書架へと戻していく。

機械的に手を動かしながら、十月末からの秋の読書週間をどうしよう、と、思案した。もうあと一ヶ月しかない。

里帆は今、主に、二階の児童書とティーンズ部門を担当している。

昨年開催した高校生によるビブリオバトルが好評だったから、今年は中学生部門も新設してみたらどうだろうか。

里帆が今の図書館に配属されてからは五年がたつ。

子供の頃の夢は小説家になることで、東京の大学の文学部に進学した。しかし何度か投稿した作品は受賞にいたらず、公立図書館の司書へと目標を切りかえ、在学中に、司書の資格をとるための講座をとった。

武蔵野市の職員採用試験に合格したところまでは順調だったのだが、最初の配属先は市役所の住民課で、毎年、異動希望をだし続け、四年めにしてようやく井の頭図書館に配属されたのである。

仕事量は多いが、基本的には穏やかな職場である。時には利用者がトラブルをおこして慌てることもあるが。

「あ、脚立《きゃたつ》がない。誰か使ってるのかな。踏み台でもいいんだけど」

いつも置いてある場所に脚立が見あたらず、里帆はあたりをみまわした。

「手伝いましょうか？」

突然、耳にとびこんできた、とろけるような甘い声。

里帆の背筋に電流がはしった。

顔を見ないでもわかる。

この声は……

「……真野さん……どうして……？」

里帆はかろうじて、喉《のど》から声をしぼりだした。

声が上ずっていないだろうか。

「その本、高いところにしまうんでしょう？」

「はい。この書架の、一番上の段です」

里帆から本を受け取ると、真野はひょいと右腕をのばした。

真野はもともと長身なので、一番上の段にもあっさり手が届く。

昨夜は気がつかなかったが、本を持つ真野の手はとても美しい。

「ありがとうございます、助かりました。ところで今日は、何か本をお探しですか？」

「いえ、実は先ほど、鈴村さんのメッセージを読んで、いてもたってもいられなくなり、ついとんできてしまいました」

「えっ」

「ホーンブロワーの原書がどんな感じだったのか、詳しくお話を聞かせていただきたくて。サイズとか装丁とか。もちろん、お仕事が終わるまで待ちます。閉館は八時でしたよね？」

「今日は早番なので、五時にはあがれます。でも……」

里帆は時計を確認した。

まだ二時すぎなので、三時間近く待たせることになってしまう。

「大丈夫ですよ、本を読んでいれば五時なんてあっという間ですから」

「そうですか？　では館内のカフェでコーヒーを飲みながらゆっくり本を読んでいていただければ……」

「ああ、ここのカフェはプリンが美味しいですよね」

「ご存知でしたか」

そういえば真野は昨夜、よく図書館を利用していると言っていた。あれは本当だったようだ。

「でも、原書には挿絵も入っていませんでしたし、お待ちいただいてもがっかりするだけかもしれません」

「表紙のイラスト」

「え？」

「鈴村さんが送ってくれた画像、日本のものと違っていましたよね。ホーンブロワーとブッシュが描かれていた。あれだけでも僕にとっては素晴らしい発見です。まさに胸熱《むねあつ》ですよ」

「そう、ですか？」

「そうですよ」

「では、五時十分にカフェで待ち合わせませんか？　今日、ホーンブロワーの原書を持ってきたので、お渡ししますね」

「えっ、本当ですか!?」

真野の甘い声が喜びにはずみ、きらきらと虹色に輝いた。


それからの三時間弱。

今日は何があっても残業しないぞ、という固い決意のもと、里帆は猛然と仕事に取り組んだ。

読書週間の企画案を三本考え、来月の新刊を確認し、幼児むけのおはなし会のポスターをはって、メールでのレファレンス依頼に返事を書く。

今ごろ真野はカフェで何を読んでいるのだろう。

やはり海洋冒険小説だろうか。

五時になった瞬間、里帆はパソコンを閉じて、エプロンを脱いだ。

「お先に失礼します」

さりげなさを装いながら、館長や他の職員たちに挨拶《あいさつ》してカフェにむかう。

だが、いざ里帆がカフェに入ると、真野の姿が見あたらなかった。

トイレにでも行っているのかもしれない。

里帆は入り口近くの席に腰をおろすと、カフェオレを注文した。

昨夜も読んでいた『栄光への航海』をリュックからとりだし、しおりをはさんだページを開く。

だが真野が気になって、いつものように物語の世界に没入することができない。

カフェオレがはこばれてきたのを機に、一度本を閉じて、スマートフォンのSNS画面を開いた。

もしも急用ができたのなら、何かメッセージが入っていてもよさそうなものだが。

少し迷ったが、

（館内のカフェでお待ちしています）

と、真野に送った。

しかし既読がつかないし、返事もない。

あんなに嬉しそうだったのに、気がかわったのだろうか。

いや、それはないだろう。

やはり何か急用が発生したのではないだろうか。

急病でなければいいが。

里帆は六時まで待ったが、あきらめて席を立った。

駅のホームで電車を待っている間、電車に乗っている間、さらには交差点で信号待ちをしている間もSNSの画面を開いてみたが、やはり既読はつかない。

もちろん返事もない。

「行けなくなった」とひとこと連絡してくれればいいのに、と、腹立たしく思う一方で、やっぱり何かあったんじゃないかしら、と、心配になる。

ある日、突然倒れて、そのままかえらぬ人となってしまった父のことが里帆の脳裏《のうり》をよぎる。

「倒れる直前まで元気だったんよ」と、母は言っていた。

真野もそんなことになっていなければいいが。

いやいや、いくら同じ海洋冒険小説好きとはいえ、父と真野では年齢がまったく違う。

一緒にするなんて失礼だ。

「ただいま、ソラ。いい子にしてた？　アキもただいま」

今日も玄関までむかえにきてくれたソラの頭をなで、わざと遅れて姿をあらわすアキに声をかけた。

リュックをおろすと、もう一度スマートフォンを見る。

やはり既読はついていない。

もしかして、このへんで交通事故はおこっていないだろうか。

着替えもせず、ベッドに腰をおろしてスマートフォンを検索していると、二匹そろって布団の上にのってきた。

ソラは、こっちを見て、と、言わんばかりに、里帆の腕にふわふわの頭突きをかましてくる。

アキにいたっては、里帆の肩に両前足をかけて立ち上がり、わざと耳もとで「ナーン」と大声を張り上げてきた。

「はいはい、ちょっと待って」

それでも里帆が自分の方をむかないので、しびれをきらしたアキは、わざと右手の爪をだして、アキの頭をペチペチたたきはじめた。

本気で爪を立ててきたりはしないが、それでもちょっと痛い。

「ごめんごめん、すぐにご飯にするね」

だめだ、こんなことじゃ。

うちはなにごとも猫第一主義なんだから。

万が一、真野が急病だったとしても、自分には何もできないし、厳しいことを言えば、自分には何の関係もない人だ。

父の急死がトラウマになっているとはいえ、二度会っただけの男のことをこんなに気にするなんて、どうかしている。

自分のイライラの原因を分析して、里帆は頭を左右にふった。

真野が本気でホーンブロワーの原書をほしいと思っているのなら、放っておいても、いずれまた図書館に来るはずだし。

真野がこなかった理由がわからない以上、これ以上考えても堂々めぐりだ。

「よし、ご飯にしようか！」

里帆はアキとソラの頭をなでると、思い切ってスマートフォンの電源を切り、猫たちのご飯の支度をはじめた。

十二時近くになってベッドにもぐりこみ、五時間ぶりにスマートフォンの電源をいれると、真野から平謝りのメッセージが届いていた。

(やむにやまれぬ緊急事態で行けませんでした。連絡が遅くなってしまい、本当にすみません)

「よかった、生きてた……！」

里帆はスマートフォンをぎゅっと胸におしあてて、安堵《あんど》の息をもらした。

「心配したじゃないの、もう！」

唇を尖らせて文句を言うが、自然と頬がゆるんでしまう。

(そんなこともありますよ。どうぞお気になさらないでください)

余裕の返信をかえすと、里帆は今度はふわふわした気持ちにつつまれて、落ち着かない眠りにおちていったのであった。

四

井の頭図書館では、職員によって勤務形態は様々だが、里帆の場合、午前九時から午後五時までの早番と、午後一時から八時までの遅番のシフトの日がある。

翌日の月曜日は遅番だったので、午前中に、ソラとアキをかかりつけの動物病院に連れて行くことにした。

年に一度の予防接種である。

二匹あわせると八キロになるので、キャスターつきの大きめのキャリーに入れて、徒歩七分ほどの距離をガラゴロと引いていくのだ。

幸い動物病院はまあまあすいていたので、受付から会計まで三十分ほどで終えることができた。

二匹にとっては地獄のような三十分だったはずなので、ご褒美《ほうび》のおやつを買うために、近くのコンビニに入る。

この店舗には、種類はあまり多くないが、キャットフードやおやつも置いてあるのだ。

定番のチャオちゅーるですらアキには好き嫌いがあるのだが、幸いとりささみ海鮮ミックス味が置いてあったので、ほっとしながらレジにむかった。

マンションに帰ったら、すぐにだしてあげよう。

病院に行った日はおやつをあげるというのが、里帆と猫たちとの約束なのだ。

里帆が猫のキャリーをひきながらレジにむかって歩いていると、ひょろりとやせた長身の男性が酒類の棚の前に立っているのが目に入った。

髪はいつになくボサボサで、しかもうっすらと無精《ぶしょう》ひげがはえているが、目つきだけがやたらに鋭い、表情のとぼしい、だが端整な横顔は間違いない。

「真野さん、こんにちは」

里帆が声をかけると、真野はビクッとして振り向いた。

不審者にむけるけわしい視線で、里帆を一瞥《いちべつ》する。

ひどく警戒しているようだ。

「あんたは……？」

いつもの甘い声と全然違う、かすれ声である。

やはり体調が悪いのだろうか。

「あの、鈴村ですけど。井の頭図書館の」

「おれに何か用？」

おかしい。

まるで里帆に一度も会ったことがないような、よそよそしい態度だ。

この人、真野とよく似ているが、話し方も、声も、全然違う。

真野は自分のことを「僕」と言っていたはずだ。

何より、真野はいつもほのかにシャンプーの香りをさせているが、目の前の男はやたらと煙草《たばこ》くさい。

あっ、もしかして、双子⁉

真野と家族の話をしたことはないが、一卵性双生児だったらそっくりだし、それならこの人が自分のことを知らなくてもうなずける。

「あたしは……」

どう説明したらいいのだろう。

里帆が言葉につまった時、足もとから「シャーッ」という鋭い音が聞こえてきた。

キャリーの中のソラが尻尾の毛をふくらませ、真野そっくりの男に対してうなり声をあげている。

いつもは人なつっこいソラが威嚇《いかく》の姿勢をとるなんて、一年に一度もないことだ。

大嫌いな注射の時でさえ、なんとか逃げだそうとはするものの、獣医にむかってフーとかシャーとかうなったことはない。

もしかして煙草のにおいが嫌いなのだろうか。

一方、もともと警戒心が強く人見知りのアキは、キャリーの一番奥にひっこみ、ぺたりと伏せ、警戒態勢で硬直している。

里帆のマンションに友人たちが遊びにくると、押し入れの奥に逃げ込んでしまうのだが、そんな心境なのだろうか。

「すみません、この子たち、さっき予防接種うけたばかりで興奮してるのかも」

里帆は急いで猫キャリーを背後にかくした。

真野そっくりの男は、むすっとした顔で、あさっての方を見ている。

気まずい……。

「すみません、人違いでした」と言い訳して逃げだすしかないか、と里帆が思いはじめた時、男子高校生が三人、どやどやと入店してきた。

まだ十一時すぎだが、どうやら今日は試験期間の最終日だったらしい。

「おれ世界史ぜんっぜんダメだったわ。自信持って答えを書けたの無敵艦隊だけだよ」

「おれも。『海賊サムライ』のおかげだな」

「いえてる」

大声で話しながら、高校生たちはまっすぐ雑誌の棚にむかう。

「少年ギャングの今週号でてる？」

「あった。あれ、今週は『海賊サムライ』休載なんだ」

「作者が死んじゃったらしいよ。今朝ネットニュースで見た。交通事故だって」

「えっ、遠野《とおの》ハルカが⁉」

少年の大声が店内にひびきわたる。

里帆もこの訃報《ふほう》は初耳だったので、真偽のほどが気になったが、背後でソラがシャーシャーうなりまくっており、それどころではない。

「ソラ、大丈夫だから、ね」

「フー！」

里帆がなだめようとするが、ソラの視線は真野そっくりの男に釘付《くぎづ》けである。

さっさと会計をすませて、このコンビニから脱出するしかない。

里帆が視線をあげると、目の前の男は、すっかり青ざめていた。

もともとあまり血色のよくなかった顔が、いまや蒼白《そうはく》だ。

いったいどうしたのだろう。

まさか、猫に威嚇されたから？

「そうそう、遠野ハルカ。って言っても、遠野ハルカって二人組の漫画家で、死んだのは片方だけらしいけど」

高校生たちは興奮した様子で話し続けている。

「まじか。『海賊サムライ』の続きどうなんのかなぁ」

「来週の予告にものってないし、最悪このまま終わっちゃうんじゃねえの？」

「ええっ、だってやっと最終章に入ったところだろ⁉　ひとり残ってるんなら、なんとか続けてくれないかなぁ」

その時、真野そっくりの男の身体が、ぐらりとふらついた。

「大丈夫ですか？」

里帆は驚いて声をかけるが、男は答えず、急にきびすを返して、店から出ていってしまった。

追いかけた方がいいのだろうか、とも思ったが、右手には会計前の猫のおやつを持ったままだし、左手は猫キャリーをひいている。

少し心配ではあるが、追いかけられる状況ではない。

男がいなくなってようやく落ち着いたのか、威嚇態勢をといたソラは「ナーン」と、いつものかわいらしい声でないた。

アキも伏せの姿勢をやめ、せっせと毛づくろいをしている。

「はいはい、おうち帰っておやつ食べようね」

二匹に声をかけると、里帆は気を取り直して、レジにむかった。

それにしても、さっきの真野そっくりの男は、なぜ急に店からとび出していったのだろう。

真っ青だったし、貧血だろうか。

それとも、『海賊サムライ』の大ファンだったりして？

少年誌に連載されている漫画だが、大人のファンも多い人気作品だ。

少年漫画はほとんど読まない里帆でさえ、タイトルを知っているくらいである。

井の頭図書館には『海賊サムライ』のコミックスそのものは入っていないが、同じ出版社からでている中高生むけのノベライズ本は大人気で、常に予約待ちだ。

あの高校生たちの会話で、作者が亡くなったことを知ったのだとしたら、それはたしかにショックだろうな。

気の毒に。

それにしても、そうか、『海賊サムライ』の作者が亡くなったのか。

早い書店では、今日明日には追悼《ついとう》コーナーがはじまることだろう。

うちの図書館でも、読書週間の企画として、追悼コーナーをつくるというのはどうだろう？

ノベライズ本だけでは弱そうだから、関連図書もそろえて。

でも、まずは自分で読んでみないことには、企画案も考えられない。

里帆は帰宅して、猫たちにおやつをだすと、早速、インターネットを検索してみた。

たしかに、『海賊サムライ』の作者、遠野ハルカの急逝《きゅうせい》を知らせるニュースがでている。

少年ギャング編集部が公式発表したところによると、亡くなったのは九月八日で、まだ三十一歳だったらしい。

自分と同世代の女性だったのか。

気の毒に、と、里帆は心の中で手をあわせた。

第二章　猫の瞳にうつるもの

一

若くして亡くなった少年漫画家のことを検索しているうちに、正午近くになっていたので、里帆は大急ぎで昼食をすませ、職場にむかった。

一時五分前に井の頭図書館にすべりこみ、カウンター業務を午前の担当者と交替する。

カウンターでの仕事はほとんどが貸し出しと返却だが、探しものの依頼もしばしばある。

「幕末の吉祥寺の地図はありますか？」というかなり限定された探しものから「昨日テレビで紹介されていた本を読みたいんだけど」というふわっとしたものまで、様々だ。

「えっと、イングランドの海賊の資料ってありますか？　できれば図解入りのものがいいんですけど」

最近多いのが、この手の質問だ。

ほぼほぼ『海賊サムライ』の愛読者である。

今日来ているのも、制服姿の女子中学生だ。

真っ赤な目をしているのは、作者の訃報を知ったせいだろうか。

「キャプテン・ドレイクの時代でいいですか？」

「はい」

里帆は「イギリス　海賊」で蔵書検索をかけた。

この少女はおそらく「イングランド　海賊」で検索したのだろうが、これはほとんどヒットしない。

ほとんどの図書は「イギリス」で登録されているようだ。

「そうですね、今あるものだと……」

案の定、半分は貸し出し中である。

棚にあるものからすすめるとすると、どれがいいだろう。

ちょうどちくま新書の『世界史をつくった海賊』がもどってきているが、いかんせん新書判なので図解も小さい。

なるべくならカラーページのついた四六判以上の図書がいいのだが。

「それならヨーロッパ史の棚に置いてある『図説スペイン無敵艦隊』がおすすめだよ。スペインの宿敵イギリス海軍をひきいたフランシス・ドレイクについてもかなり詳しくのっているし、カラーの図解が充実していてとても見やすい。あとは、閉架書庫にある『スペイン無敵艦隊』もおすすめだね。古い本だけど、見やすい図版がたくさん入っている。頼めば貸し出しもしてもらえるよ」

女子中学生の背後からとろけるような甘い声がふってきた。

顔をあげないでもわかる。

こんないい声の主は、ひとりしかいない。

真野だ。

「もし、いろんな角度からのゴールデンハインド号が必要なら、模型をつくってみるのが一番かな。ちょっと高いけど、内部の構造もわかるよ」

「ありがとうございます」

少女は一目散に歴史コーナーへ突進していった。

「……真野さん？」

長身の男性に、里帆はおそるおそる尋ねた。

もしかしたら、コンビニにいた真野のそっくりさんかもしれない。

「差し出がましいことをしてすみません」

少しやつれ気味のととのった顔で、男は言う。

ひげはきれいにそられている。

シャンプーの香り。

良かった、本物の真野だ。

里帆はほっとして、笑みをうかべる。

「いえ、助かりました」

「それから昨日は、本当にすみませんでした」

「急用はしかたないですよ。少し待っていてください」

里帆は事務室にホーンブロワーのペーパーバックをとりにいくと真野にわたした。

「これがホーンブロワーの原書なんですね！　お借りしてもいいんですか？」

真野が驚きと興奮のまざった声をあげる。

「さしあげます。前も言いましたけど、英語はあんまり得意じゃなくて。あたしが持っていても、猫に小判ですから。それに、海洋冒険小説を好きな人に持っていてもらった方が、父も喜びます」

「本当ですか？　ありがとうございます。ええ、間違いなく僕は大好きです。でも、こんな貴重なものを。そうだ、せめて食事をご馳走《ちそう》させてください。何がお好きですか？　イタリアン？　フレンチ？」

「いえ、今日は遅番で、八時の閉館まで仕事ですから。閉館した後も、なんだかんだですぐには出られませんし、どうぞお気になさらず……」

「遅くなっても全然かまいません。そうだ、この前のノクターンで待ち合わせて、それからレストランへ移動しませんか？　あそこなら二時間でも三時間でも待てますから」

「え？」

「何を食べたいか決めておいてください。それではまた後ほど」

真野はホーンブロワーをしっかりとかかえて、立ち去ってしまった。

里帆は食事を断ったつもりだったのだが、強引に約束させられた気がしないでもない。

そういえば昨日も似たようなパターンだったが、まさか、またすっぽかされはしないだろうか？

さすがに二日連続ですっぽかしたりするような人ではないと思うけど。

どうしよう。

決して真野と食事をするのが嫌なわけではない。

真野と本の話をするのは楽しいいし、何よりあの声は耳に心地よい。

心地よすぎて、耳がとけてしまいそうになるくらいだ。

でも自分にとっては不要な品を進呈しただけの、いわばリサイクルなのに、イタリアンやフレンチをご馳走になるのは気が引ける。

それに八時すぎまで待たせるのも申し訳ない。

いっそ、今日は行けない、と、メッセージを送ってしまおうか。

そこまで考えてから、里帆はふと思い出した。

真野にはききたいことがある。

ヘビースモーカーで、そっくりの顔の兄か弟はいないか。

おそらく双子だろうとは思うが、やはり気になる。

これはメッセージではなく、直接きいてみたい。

やっぱり今日はなるべく早く仕事を片付けて、ノクターンに行こう、と、里帆は決意したのであった。

二

学校帰りの学生と仕事帰りの社会人で図書館がこみあう午後六時すぎ。

「遅くなりました！」

学生アルバイトの今井悠人《いまいゆうと》がかけこんできた。

今井は武蔵野美術大学の学生で、明るい茶髪を短く刈り込み、いつもぴったりしたスキニーパンツをはいている。

専攻は彫金《ちょうきん》なのだが、絵もかなり上手《うま》いので、ポスターやフリーペーパーを作成する時には頼りになる存在だ。

エプロンをつけた今井にカウンター業務をひきつぐと、里帆は事務室の自分の席に戻った。

「鈴村さん、秋の読書週間、何かいいアイデア思いついた？」

里帆のななめ前の席に座っている、館長の小平健三《こだいらけんぞう》だ。

小平は四十代後半の温厚なおじさんで、丸くふくよかな頰がチャームポイントである。

紙フェチといってもいいくらい紙でできた製品を愛しており、書籍はもちろん、新聞も必ず紙のものを読んでいる。

「いくつか考えてはみたんですけど。定番のビブリオバトルとか、図書館アンバサダーとか」

「悪くはないけど、過去にやった企画とかぶるねぇ」

「タイムリーなところでは、先日亡くなった『海賊サムライ』の作者の追悼コーナーなんてどうかなと思っているのですが」

「え、遠野ハルカ先生、亡くなったの!? それ本当!?」

小平は珍しく声をはりあげた。

紙愛が強すぎるあまり、ネットニュースやSNSをまったくチェックしないので、作者の訃報は寝耳に水だったようだ。

「はい。交通事故だとか」

「何かの間違いじゃない!?」

「ネットに少年ギャング編集部からの公式発表がでていたので、間違いないと思います」

「そんな……!!」

小平は丸い肩をがっくりとおとし、両手で頭をかかえると、深々とため息をついた。

「そんな……『海賊サムライ』はどうなるんだ……。もう続きは読めないのか……?」

「もしかして、館長、『海賊サムライ』のファンなんですか?」

「ファンじゃないよ」

小平は憤然《ふんぜん》として丸い顔をあげ、胸をはった。

「大大大ファンだ。毎週月曜日は息子と少年ギャングの奪い合いだよ」

「そ、そうですか」

大人の読者も多いとは聞いていたが、まさかこんなに身近にいたとは。

「日本の若き侍がヨーロッパにわたって海賊となり、日本を植民地にしようと企む大スペイン帝国の野望をくじくためにキャプテン・ドレイクと共に無敵艦隊にいどむ。まさに夢と冒険の血湧き肉躍る物語だよ。そう思わないか？」

「そのようですね」

里帆の反応に、小平は目をしばたたいた。

「鈴村さん、読んだことないの？」

「少年漫画が嫌いというわけではないのですが、うかつに手をだすと、あっという間に三十巻とか四十巻とか、おそろしい長さになってしまうので……」

とにかく少年漫画は本棚への圧迫がすさまじい。

電子書籍を買えばいいと友人には言われるが、特に少年漫画や青年漫画は、ここぞという場面で左右見開きの大ゴマが使われるので、一ページずつめくる電子書籍だと迫力がそがれてしまうというジレンマにおちいるのだ。

「たしかにそれは否定できない。でも『海賊サムライ』はまだ十五巻までしかでてないし、面白いから一気に読めるよ」

、まだ十五巻って。あたしにとっては、十五巻もある、ですよ、と、里帆は心の中でため息をつく。

「そうですか……。もちろん、追悼コーナーを設置する前に、まずは自分で読まないと、とは思っています」

里帆が若干ひき気味なのを察したのか、小平は軽く咳払《せきばら》いをした。

「うん、追悼コーナーだったね」

「はい。これを機に……というと語弊《ごへい》がありますが、小説を読まない中高生にも、興味を持ってもらえればと思いまして」

図書館に来る学生がみな小説好きというわけではない。

友だちと宿題をやるためだけに来る子もいれば、ファッションや音楽などの雑誌がおめあての子もいる。

ふだん図書館に足をはこばない人たちにも、『海賊サムライ』目当てで来てもらえれば言うことなしだが、それはさすがに欲張りすぎだろう。

「ふーむ。二人はどう思う？」

小平はちょうど事務室にいた二人に意見を求めた。

「うちの孫たちも『海賊サムライ』大好きだから、コーナーができたらとんできますね」

ベテランパートの野島幾子《のじまいくこ》は、にこにこしながら答える。

野島は週に三回だけとはいえ、三十年近く井の頭図書館で働いているので、生き字引のような存在だ。特に地域史の図書に関しては、彼女の右にでる者はいない。

「あたしも今朝、遠野ハルカ先生が亡くなったって知ってすごくショックだったので、できなみですが、みんなでノートによせがきとかできたらいいなと思います」

こちらは派遣会社からきている落合彩音《おちあいあやね》だ。

二十代半ばの小柄な眼鏡女子だが、少年漫画をこよなく愛しており、もちろん『海賊サムライ』も熟読している。

落合は漫画以外にも、小説、ゲーム、アニメ、ドラマ、アイドルとあらゆるエンタメに精通しており、オタクの申し子のような存在だ。

「ふむ。大大大ファンとしては、追悼企画に反対するつもりはないけど、うちが所蔵しているのはノベライズ本だけだよね？」

「さすがにノベライズ本だけだと寂しいので、関連図書も一緒に置きたいと思っています。海賊や侍の資料集とか、歴史関係とか」

「あ、それなら、物語の舞台になっているイギリスやスペインの旅行ガイドも入れませんか？　今、聖地巡礼がはやってますし、実はあたしもいつか行きたいなって思ってるんです」

さすが落合は的確な意見をだしてくれる。

やはり自分も大急ぎで『海賊サムライ』を読む必要がありそうだ。

「本でいく聖地巡礼か。いいね。鈴村さん、今のかんじでコーナーに置きたい本のリストを作成してくれるかな」

「はい」

里帆は早速《さっそく》、頭の中でリストアップを開始した。

三

その夜、里帆がノクターンに着いたのは、八時半をまわってからだった。

途中で書店に寄り、『海賊サムライ』のコミックスを三巻まで買ってきたので、リュックがじわっと重い。

まだ真野は待っているだろうか？

里帆は呼吸をととのえると、ノクターンのドアをあけた。

前回は突然の雷雨のせいでまあまあ混んでいたが、今日は閑散としている。

無言で本を読みながらコーヒーを飲んでいる客が数名と、小声で話しているカップルが一組いるだけだ。

店の隅のテーブルで、真野も本を広げていた。

今日は泡のぬけたビールの隣に、真新しい英和辞典が置いてある。書店で買ってきたのだろうか。

「さっきのホーンブロワーですか？」

里帆がむかいの席にリュックをおろして、小声で尋ねると、真野ははじかれたように顔をあげた。

物語の世界に入りこんでいて、里帆に気づいていなかったのだろう。

照明のせいか、図書館で見た時よりも、やつれ、疲れた顔に見える。

「ええ、早速挑戦してます。一行読むのに、二回は辞書をひかないとだめですけど、これがフォレスターが自分でつづった原文だと思うと、ワクワクが止まりません」

やつれた顔に似合わぬ、はずんだ声で真野は答える。

「ところで何を食べたいか決まりましたか？　特にリクエストが無ければ、この近くに遅くまでやっているイタリアンのお店がありますが」

「ああ、それでしたらあたし、ここのサンドウィッチが好きなので、このままで」

「そういえばこのまえもサンドウィッチでしたね。じゃあ僕はカレーにしようかな。ここのカレー美味しいんですよ。隠し味にインスタントコーヒーとブルーベリージャムを使ってるんだそうです」

「海自カレーですか？」

「そうそう。英国海軍といえばコクゾウムシのついた堅パンですが、さすがにここのメニューにはありませんね。あっても挑戦する勇気はありませんが」

他の客の迷惑にならないよう、真野はかるく前かがみになりながら、ささやき声で言う。真野のささやき声を聞き取るために、里帆も顔を近づけざるをえないので、まるで密談のようだ。

今日も真野の軽くととのえられた髪からは、ほのかなシャンプーの香りがする。

「そういえば真野さんって、双子のお兄さんか弟さんがいませんか？」

「いえ、きょうだいは妹だけです」

「妹？　じゃあ従弟《いとこ》とか、親戚で、そっくりの顔の人はいませんか？　もっとかすれ気味の声で、ヘビースモーカーで、髪ボサボサで、無精ひげがある感じの」

「それは……」

真野はしばし言いよどんだ。

「今日、コンビニの店内で鈴村さんが会った男のことですか？」

「えっ、ええ。ご存知だったんですか？」

「それは、双子でも、そっくりさんでもなく、この肉体《からだ》の本来の持ち主である東山《ひがしやま》です」

「は？」

どういう意味だろう。

「東山が眠っている間だけ、僕、つまり真野幸太郎がこの肉体を借りて、話したり、動いたりできるんです」

「肉体を借りて……？」

つまり、一つの肉体を複数の人格が共有する、いわゆる多重人格という症状だろうか。

以前、ドキュメンタリー番組で見たことがある。

性格も、話し方も、仕草も、まったく異なるいくつもの人格が入れ替わるのだ。

正確には解離性同一性障害、だったろうか。

小説だと、有名なダニエル・キイスの『24人のビリー・ミリガン』がノンフィクションだ。

たしかにそれなら、昼間会った真野が、別人としか思えない話し方だったのも説明がつく。

人格が入れ替わる時に、声までかわってしまうというのは驚きだが。

「つまり、真野さんは、東山さんの肉体の中に存在する別人格なんですね？」

「はい。今こうして鈴村さんと話している真野幸太郎は、東山一生《いっせい》の肉体に憑依《ひょうい》している幽霊なんです」

真野はしごく真面目な声で言った。

「……幽霊？」

里帆は目をしばたたく。

からかわれているのだろうか。

「僕、もう死んでるんです」

「……はあ？」

里帆はあっけにとられた。

四

世の中には、息をするようにさらさらと嘘をつける人がいる。

以前、図書館のイベントに出演した小説家がそんなことを言っていた。

真野もそういうたぐいの人間なのだろうか。

人をだまして面白がるような。

そんな悪質な嘘つきには見えないが。

里帆はアイスコーヒーを一口すすって、自分を落ち着かせようとつとめた。

冗談を言うにしても、せめて、もっと笑えるネタにしてくれればいいのに。

多重人格の方が、まだ、信憑性《しんぴょうせい》があった。

いや、もしかしたら、自分のことを幽霊だと思い込んでいる別人格なのかもしれない。

「そうですか、幽霊さんでしたか」

サンドウィッチをひとくちかじり、里帆はおもむろに口をひらく。

「信じられませんか？」

「自慢じゃないけど、あたし、霊感ゼロなんです。生まれてこのかた、幽霊なんて見えたことありません。そのあたしに見えている時点で、真野さんは幽霊じゃないと思うんですよね」

「この身体は東山だから、生きているし、見えて当然です。僕はあくまで憑依霊ですから」

「ひょ、憑依霊!?」

里帆は思わず大声をあげそうになるのをぐっと我慢した。

憑依霊。

漫画や小説ではおなじみの設定だが、現実世界でその言葉を聞くとは思わなかった。

「ええと、つまり、真野さんの霊がこの身体をのっとっているという設定なんですか？」

「……信じられなくて当然ですよね」

真野は目をふせて、自嘲気味に言った。

しまった、真野が自分のことを幽霊だと思い込んでいる多重人格だとしたら、傷つけてしまったかもしれない。

「気を悪くされたのなら謝ります。あたし、昔は小説家志望だったので、つい、この設定には無理があるんじゃないか、とか、安易すぎる、とか、分析する習慣があって」

「鈴村さん、小説家志望だったんですか」

真野が興味津々《しんしん》といった様子で聞き返してきた。

「若気のいたりで」

里帆はてれくさそうに苦笑する。

「では、今、鈴村さんは、昼間コンビニで会った男のことを、どのように分析しているんですか？」

「えっ」

まさかそう切り返されるとは思っていなかったので、里帆は慌てた。

「双子でも他人のそら似でもなければ、多重人格、でしょうか？　あるいは単に、真野さんがあたしをからかっているだけ。そもそも東山という人は、実在しているんですか？」

「ああ、待ってください。それなら証拠が……」

真野はパンツの後ろポケットにはいっていた財布をひらき、運転免許証をだして里帆に見せた。

「ほら、この顔でしょう？」

「たしかに……」

証明写真の顔は、髪はボサボサだが、目の前の顔と同じだ。

名前は東山一生になっている。

ということは、間違いなくこの人は東山だ。

本籍地は岩手県か。

「じゃあ、ＳＮＳのＩＤに使っている真野幸太郎という名前はハンドルネームですか？」

「そっちも本物」

真野はスマートフォンの登録画面をひらいて見せた。

たしかに真野幸太郎になっている。

「でも、幽霊にスマートフォンって買えませんよね？」

「ああ、もちろん、生前に契約したんですよ。持ち主が死んでも、解約手続きをしなければ使えるようですね」

「なるほど」

東山がスマートフォンを購入した後に、登録名だけ真野に変更することは可能だろうか？

いやでも、ＳＮＳのＩＤはともかく、スマートフォンの所有者名を簡単に変更できたら、犯罪に使いたい放題になるし、それはなさそうな気がする。

「僕、つまり真野幸太郎の運転免許証も見せられれば、東山と真野は違う人間だって証明できたんだけど、あいにく僕は車の免許をとってないんですよ。生前からね」

幽霊だから持ってないわけじゃない、と、真野は念を押す。

「というわけで、東山と真野は両方とも実在する、と、信じてもらえましたか？」

「……一応は」

真野が憑依霊だという話はとても信じる気にならないのだが、東山と真野の両方が存在しているらしい、というところまではとりあえず納得した。

少なくとも運転免許証のある東山一生は実在していると考えていいだろう。

それに、さっき、「信じられなくて当然ですよね」と言った時の真野の悲しそうな声は、できればもう聞きたくない。

「というわけで、昼間、鈴村さんに会ったのは、間違いなく東山のこの身体です。その証拠に、あのコンビニで、鈴村さんが猫の入ったキャリーを引いていたことも、猫のおやつを買おうとしていたことも、猫が僕を見て警戒していたことも、ちゃんと覚えています」

「あの時の声は……」

「はい。あの時は東山が覚醒《かくせい》していたので、東山が自分の声で話していました。僕は東山の憑依霊として、背後から彼の言動を見ていただけです。でも僕も、意識はあるし、記憶もあるんですよ」

「……だから、うちの猫たちが、シャーシャー騒いでいたということですか？」

「よく言われることですけど、猫には、幽霊が見えるらしいんですよね。あちこちで、猫とでくわすたびに、じいっと凝視《ぎようし》されたり、シャーシャー威嚇されます。あ、これって、幽霊の証明になりませんか？　多重人格だったら猫に威嚇されませんよね」

猫には霊が見えるらしい、という説は里帆も聞いたことがあるが、あくまで都市伝説レベルの俗説だ。

たしかにソラとアキも、空中の何もない一点を凝視していることがたまにある。

でも、だからといって、そこに霊がいるかどうかは、霊感のない里帆には確認のしようがない。

「あたしはてっきり、煙草の臭いがきつすぎるのが原因で、うちの猫たちが警戒しているのかと思っていたのですが……」

「ああ、煙草臭いですよね。東山って、昔からとんでもないヘビースモーカーなんですよ。だから、毎日、昼すぎにあいつが眠りについて、僕がこの身体を動かせるようになると、まず最初にやることがシャワーをあびて、もちろん髪も洗って、煙草臭を消すことなんです」

「それでいつも真野さんからは、シャンプーの匂いがするんですね」

昼間コンビニで会った時とにおいが違う理由は、いたってシンプルだった。

ついでに髪型が違う理由も。

「東山さんのことは昔から知ってるんですか？」

「幼なじみなんです。今は東山と一緒に仕事をしていて、その都合で、マンションも二人で借りています。東山にはベランダ以外では絶対に煙草を吸わないでくれって言ってあるんですけど、あいつの部屋の壁はヤニですっかり黄色くなってるんですよ」

とても大家さんには見せられません、と、真野は肩をすくめてみせた。

ずいぶん自然な話しぶりである。

「そうだ、猫と煙草臭の関係を検証してみませんか？　煙草の臭いがしない時でも、きっと猫たちはすごく警戒してくると思いますよ。彼らには憑依霊が見えてますからね」

「うーん、でも、うちの猫たちはあの時、予防接種を受けた後で、興奮していたから」

「じゃあ興奮していない時でも警戒モードに入るかどうか、試してみましょう。そうですね、近くの猫カフェに行って検証しませんか？　接客している猫たちは、当然ながら、人慣れしている、おとなしい子たちばかりのはずです」

我ながらいいアイデアだ、と、真野ははずんだ声で言うと、猛然とカレーを平らげはじめた。

「少しだけ待ってくださいね。今すぐ猫カフェにダッシュしたいところですが、東山の身体に栄養をとらせないと。あいつ、ポテトチップスとか、ジャンクなものをちょっとつまむだけなんですよ。時々、心配した担当編集者さんが高そうなお弁当をさしいれてくれるんだけど、あけようともしないし」

担当編集者という言葉に里帆はドキッとする。

もしかして東山は小説家なのだろうか？

いやそれも設定かもしれない。

とはいえ、幽霊も、幼なじみも、同居も、すべてが設定だとしたら、ずいぶん細部までつくりこんだものだな、と、逆に感心するところだ。

しかし憑依霊だなんて、そもそもの基本設定が突飛すぎる。

やはり自分が憑依霊だと思いこんでいる多重人格、という可能性が高そうだ。

カレーを平らげていく真野は、どことなくぎこちない手つきでスプーンを使っている。

だがその長い指は、とてもきれいだ。

真野の美しい声がつむぐ言葉は、どこまでが本当で、どこからが嘘なのか。

里帆はアイスコーヒーをのみほした。

五

地図アプリで検索して、一番近くにある猫カフェに二人はむかった。

里帆は正直、猫による幽霊の検証にはたいして期待していないのだが、久しぶりによその猫たちと遊んだり、なでたりするのは楽しそうだ。

雑居ビルの六階にある猫カフェは、三十畳ほどの広いフロアに、ソファやテーブル、キャットタワーなどが設置され、思い思いの場所で猫たちがくつろいでいた。

アメリカンショートヘア、アビシニアン、ノルウェージャンフォレストキャットなどの洋猫から、尻尾の短い三毛の和猫まで、いろんな種類、毛色の猫がいる。

遅い時間帯のせいか、客は数名しかいない。

客よりも猫の方が多いという、パラダイス状態である。

「僕は飲み物を選んでから行くので、先に行ってください」

受付の前で真野に言われ、里帆は先に入っていった。

里帆はクッションの上でくつろいでいる小柄な三毛猫の隣に腰をおろすと、ピンクの鼻先に人差し指をのばす。

たいていの猫は、においをかぐために、自分から顔を近づけてくるのだ。

里帆の手にはソラとアキのニオイがついているはずだから、警戒されるかな、と、心配したが、さすが接客のプロ。

三毛は自分から里帆の手に頬をすりよせてきた。

ふわふわしたやわらかい毛だ。

同じ猫でも、鈴村家の猫たちとは手ざわりがかなり違う。

犬や猫のやわらかな毛にふれると、オキシトシンという脳内ホルモンが分泌されて人間は幸せな気持ちになるというが、まさにその通りで、ついつい里帆の表情がゆるむ。

里帆がやわらかな猫毛を堪能《たんのう》していた時、急に三毛がスタッと立ち上がった。

斜め上方を険《けわ》しい顔でにらんでいる。

「三毛ちゃん、どうしたの？」

里帆が驚いてなだめようとするが、三毛は落ち着くどころか、耳を後ろにぺたっと伏せて、ウーウーうなりだしたのである。

三毛猫の視線の先を目で追うと、そこには、真野のやつれた顔があった。

能面のような無表情である。

「あ」

里帆にむかって真野はうなずいた。

「鈴村さんの猫よりはましな反応ですね。さて、次の猫は、と」

ゆっくりと真野が歩きだすと、行く先々で猫たちが立ち上がった。

ある猫はダッシュで逃げだし、ある猫は石像のように固まったまま真野を凝視し、ある猫は背中を丸め、毛を逆立ててシャーシャー威嚇している。

「えっ、どうしたの？」

他の客たちがとまどっていると、エプロンをつけた若い女性店員が真野のもとへとんできた。

「お客さま、失礼ですが、何か猫が嫌がるものをつけておられませんか？」

「ちょっと憑依霊を」

「ひょう……？」

「いえ、何でもありません。おさわがせしました。出直します」

真野は頭をさげると、店からでていった。

「待って、真野さん！」

里帆も急いで後を追う。

エレベーター前まで戻ると、真野はくるりと振り返った。

「検証成功ですね。この身体は今、煙草の臭いなんか全然しないのに、やっぱり猫たちにシャーシャーいわれましたよ」

かすかにほほえみをうかべて、真野は満足げに言う。

「たしかに、猫たちはみんな逃げたり威嚇したり、ひどい反応でした」

「彼らの瞳には、僕はどんなふうに見えているんでしょうね。僕も知りたいところですが、残念ながら英語以上に猫語は苦手で。でもこれで僕が憑依霊だって信じてもらえましたか？」

「ええ、まあ……猫たちに何かが見えていたことはたしかですね」

里帆は言葉をにごした。

正直、まだ、真野が憑依霊だとは信じられない。

だが、たしかに猫たちには何かが見えていたようだ。

いったい何が……

狭いエレベーターにのりこむと、里帆はじっと目をこらして、真野の肩から首にかけてを見つめてみた。

あの三毛猫が険しい顔で見ていたあたりだ。

本当に憑依霊なのだろうか。

だが里帆の目では、何も変わったところは見あたらない。

これがホラー漫画だと、うつろな目をした血まみれの幽霊が首に両手をまわし、肩のあたりにだらんとぶらさがっていたりするのだが。

不気味な想像をしてしまい、里帆は慌てて頭を左右にふる。

四階で三人、エレベーターに乗り込んできたので、真野と里帆は奥につめた。

里帆の目の前に、長身の真野の肩がある。

「何か見えますか？」

狭いエレベーターの中、ふりむいた真野に息がかかりそうな距離で尋ねられ、里帆は思わず、腰がくだけそうになった。

「い、いえ……あたしには……」

でも猫たちには何かが見えていた。

それは間違いない。

透き通った水晶のような猫たちの瞳は、いったい何をうつしていたのだろう……。

六

ビルの外に出ると、時計の針はもう十時近くをさしていた。

さすがの吉祥寺も、半分以上の商店がシャッターをおろし、人通りもまばらになっている。

「もう一軒、と言いたいところですが、あまり遅くなると東山が覚醒してしまうので、今日は駅までお送りします」

真野はゆっくりと吉祥寺駅にむかって歩きはじめた。

里帆も隣にならんで、一緒に歩く。

ひんやりした夜風が頬をなでる。

もし今、この瞬間に、真野と東山の人格が交替したら、この耳にここちよいやわらかな声は、コンビニで聞いたかすれ声にかわるのだろうか。

声だけではなく、歩き方や表情も?

「ちなみに、東山さんの方は、自分が眠っている間、真野さんが身体を動かしていることには気がついているんですか?」

里帆の問いに、真野はかすかに苦笑した。

「全然。あいつも霊感ゼロだし、僕の存在にはまったく気がついていないんですよ。今この瞬間も、東山の意識は熟睡しています。東山は一度眠ったら、八時間はおきないので、僕はその間、この身体を借りて活動できるというわけです」

どうやらこの身体のメインの人格は、東山の方らしい。

「出先で急に東山さんが目をさますことはないんですか?」

「まれにありますね。でも東山は、自分が知らない場所で目覚めても、酒のせいで記憶がとんでいるか、夢遊病だって勝手に納得しているようです」

「夢遊病?」

「もしくは睡眠導入剤の副作用だと解釈しています。そんな副作用なんかあるはずないんですけどね」

「なるほど」

たしかに自分が寝室以外の場所で目覚めたからといって、多重人格や憑依霊を疑う人は少ないだろう。

「ちなみに昨日の夕方もそうで、図書館のカフェで五時まで鈴村さんを待つつもりだったのですが、四時半頃、急に東山に覚醒されてしまったんです。いったん東山が目覚めてしまうと、僕にはメッセージ一本入れることすらできなくて、本当に申し訳ありませんでした」

「緊急事態って、そういうことだったんですか」

それはかなり不便そうだ。

「東山がもう一度眠ってくれるのをひたすら祈ったんですけど、結局あいつ、マンションに帰った後も、夜七時くらいまで寝てくれなかったんですよ」

「東山さんの意識って、今も熟睡してるんですよね？　ものすごく早寝早起きなんですか？」

里帆が時刻を確認すると、九時五十五分だった。

仮に十時に覚醒する予定だとしたら、逆算して、二時に就寝したということになる。

かなり珍しい生活パターンだ。

「もともとあいつはひどい昼夜逆転生活だったんです。夜中におきて、昼すぎに眠る、という感じの。ただ、今は、不眠症と、その治療のために服用している睡眠導入剤のせいで、かなり不規則な睡眠のとり方になってますね」

「それで昼間コンビニで会った時は、東山さんだったんですか」

「ええ。東山が僕の存在にまったく気がついていないのは、都合がいい面もありますが、寂しい気もします」

「気づいてほしいんですか?」

「幽霊とはいえ、一応、存在しているので」

真野は小さく、ため息をついた。

「それに、東山にはいろいろ伝えておきたいことがあるんですが、なかなか難しくて。なまじっか東山に憑依してしまったばっかりに、東山本人とは会話ができないんですよ」

「こうしてあたしとは話せるのに?」

「なにせ東山が覚醒している間、僕には何にもできないので」

「東山さんの意識に、直接、話しかけるわけにはいかないんですか?」

「どうやって?」

「……すみません……それはあたしにも……」

「いえ、こちらこそ。もしかして、ベテランの憑依霊ならそういうこともできるのかもしれませんね。僕はまだ新米なので」

「新米なんですか？」

「僕は憑依霊になってから、まだ半月ほどしかたってないんです。今月死んだばかりだから」

「えっ？」

「事故で病院にはこばれたあたりまでは、とぎれとぎれの記憶があるんですけど、そのあとは意識を失ったせいか、何日か記憶がとんでいて、気がついたら、東山の憑依霊になってたんですよ。自分が死んでいて、幽霊になってるって気がついた時はびっくりしたなあ」

「……そう、なんですか……？」

「そうですよ。自分の身体は半透明だし、東山からはなれられないし。僕も生前は霊感ゼロだったんですけど、さすがに死ぬと見えるようになるものですね。本当に驚きの連続でした。もっとも憑依霊の暮らしも三日ほどで慣れましたけど」

真野はあっけらかんと言うが、里帆はとまどうばかりだ。

事故の衝撃で真野の人格が一度消滅したものの、数日後に復活した、ということだろうか？

「いろいろ試して、東山が熟睡している間は、こうして身体を動かせるようになりましたしね。鈴村さんからホーンブロワーの原書を譲っていただけるという、奇跡のような幸運にも恵まれましたし、最近では憑依霊ライフもなかなか悪くないって思えるようになりました」

「それは何よりです……」

「目下の最大の難題は、霊感ゼロの東山とどうやって意思の疎通をはかるか、ということなんです。あいつは幼なじみで、親友で、ビジネスパートナーで、ルームメイトでもあったのに、僕の存在にまったく気づいてくれなくて。仕事の今後のこととか、いろいろ大事な話があるのに、困るんですよ」

真野は深々とため息をついた。

「直接話せないのなら、紙に書いて伝言してはどうでしょう？」

「それはもう試してみました。でも、東山は左ききで、僕は右ききなんです。だから、右手でも左手でも、みみずがのたくったような文字しか書けなくて……」

「ああ……」

里帆は右ききだが、たしかに以前、右手の親指を突き指した時に左手で字を書いてみようと試みて、幼稚園児のような文字しか書けず愕然《がくぜん》としたことがある。訓練していない方の手をイメージ通りに動かすのは、想像よりはるかに難しいのだ。左ききの東山の身体の中で、真野の人格が右ききとして発生してしまったのは不運としか言いようがない。

「それでもなんとか頑張って、東山あての手紙を書きあげ、机の上に置いておいたんです。でも、あいつ、自分が酔っ払って、わけのわからない落書きをしたと勘違いして、読みもしないで捨ててしまったんですよ」

書くのに二時間以上かかったんですけどね、と、悲しげな声で真野はぼやいた。

「だったらメールかメッセージを送ってはどうですか？　スマートフォンは使えるんですよね？　あたしともメッセージの送受信できてますし」

「それも試しました。でも、東山はここのところずっと、メールをチェックしてないんです。そもそもパソコンとスマートフォンの電源をいれようとすらしません」

「どうしてでしょう？」

「見る気にならないんだと思います。もともと東山は人づきあいが苦手で、ほとんど僕にまかせていたのですが、僕が死んだらいきなり大量のお悔やみメールが殺到して」

「お悔やみ……？」

どういうこと？

東山の中の人格が消滅したからって、お悔やみが届くはずは……

真野の勘違い？　嘘？

それとも……

「ええ。最初の一週間くらいはお悔やみがメインでした。でも東山が一週間にわたって無視し続けたものだから、その後は、大丈夫ですか？　連絡ください、のオンパレードですよ。どうも僕ぬきで仕事がまわるか、心配されているみたいです。大きな会社だったら、ひとりくらいいなくなってもなんとかなるんでしょうけど、僕たちは二人だけなので」

「それは、そうでしょうね」

待って、待って。

里帆の頭がめまぐるしく分析をはじめる。

もしかして、これは。

「急ぎの仕事関係のメールには、僕が東山のスマートフォンから返信してるんですけど、本人はまったく気づいていないようですね。これぞまさになりすましですよ、はは」

真野は苦笑いをもらす。

「東山さんと真野さんは何の仕事をしているんですか？　特に東山さんはとんでもない昼夜逆転生活なんですよね？　ひょっとして小説家ですか？」

里帆が尋ねると、真野は立ち止まり、少し首をかしげて里帆の顔を見た。

他人には言えないような仕事なのだろうか。

「あの、さしつかえがあるのなら、答えないでも……」

「僕たち、漫画を描いてたんです」

漫画家！

吉祥寺や荻窪など中央線の中野以西には漫画家がたくさん住んでいる、という話はよく聞くが、真野もそのひとりなのか。

真野幸太郎、そして東山一生という漫画家はきいたことがないが、おそらく、里帆が手をださない少年漫画や青年漫画を描いているのだろう。

「そうか、漫画家だから、昼夜逆転でも問題ないんですね」

「結局、〆切間際《しめきり》には徹夜になりますから、昼も夜も関係なくなりますね。僕たちは週刊連載だし」

「噂《うわさ》通り大変なんですね……。組んで、というのは、作業を分担していたんですか？」

「はい。僕がネームをきって、東山が作画を担当していました。あ、ネームってわかりますか？」

「聞いたことはありますが、詳しくはわかりません」

「よくテレビなんかでは、ネームのことを漫画の設計図って紹介するんですけど、原稿用紙に描く前に、別の紙にコマ割りをして、台詞《せりふ》とキャラクターの配置を決めていくんです。これがネームです。僕の場合、キャラクターはおおざっぱですね。台詞やモノローグは全部きっちり書きますけど」

「じゃあ台詞やコマ割は、真野さんが全部考えていたんですか？」

「はい。編集さんと打ち合わせをして、ＯＫをもらったらそれを東山に渡して、作画に入ってもらうんです」

「なるほど、そういう分担ですか」

「でももちろん、ストーリー展開や、重要なキャラクターの設定は二人で話し合って決めていました。一緒に暮らしていたので、よく、真夜中にハンバーガーをかじりながら二人で相談したものです」

「それって、真野さんがいなくなったら、東山さんひとりで続きを描けるんですか？」

これまで、ずっと真野がコマ割や台詞を考えていたのに、いきなり東山がひとりで全部をやるなんて、いろいろ無理があるのではないだろうか。

しかも週刊連載だと言っていた。

設定ならいいが、もし本当に真野が半月前に死んだ漫画家だったとしたら、かなり危機的な状況だ。

「……そこが心配なんです。ここのところ、東山はまったくペンを持っていません。僕が死んだことがかなりショックだったみたいで。なんとか、がんばって完結させてほしいんですけど」

「伝えたいことがあるって言ってたのは、そのことなんですね」

「はい。今週号からは休載ということになっていますが、このまま終了という事態だけはさけてほしくて。コンビニで高校生たちも心配してくれてましたよね」

コンビニで高校生たちが……？

「え、今週号から休載って……」

まさか、まさか……⁉

「あの、もしかして、真野さんと東山さんって、ペンネームを使ってますか？」

「遠野ハルカです」

……『海賊サムライ』……！

里帆は心の中で絶叫した。

第三章　ペンを握れない漫画家の憂鬱《ゆううつ》

一

遠野ハルカは二人組の漫画家である。

ペンネームの由来は、二人の出身地である岩手県の遠野市から。

本名は非公開。

十年前に少年ギャングの新人賞に入選してデビューし、何度か読み切り作品は掲載されたものの、なかなか連載にはいたらなかった。

三年前、『海賊サムライ』の連載を開始。

序盤は低迷していたが、少しずつ人気があがり、現在ではコミックスも十五巻を数える長期連載作品となっている。

しかしひとりが交通事故により急死（享年三十一歳）。

『海賊サムライ』は休載となり、再開のめどはまったくたっていない。

昼間検索したウィキペディアの情報が、里帆の脳裏によみがえった。

岩手県出身の二人組の漫画家。

週刊連載。

半月前に急死。

海洋冒険の物語が大好きな真野。

高校生の話を聞いてコンビニから逃げ出した東山。

すべての符号が合致する。

名前がハルカなので、てっきり女性だと思いこんでいた。

真野と東山が、遠野ハルカだったのか。

そして真野は、多重人格ではなく、本当に憑依霊だったのだ……！

里帆は驚きのあまり、目を大きくみはったまま絶句した。

「鈴村さんは少年漫画を読んでなさそうだし、遠野ハルカなんてご存知ないでしょうけど、海洋冒険小説好きがこうじて、海賊漫画を描いてるんですよ」

里帆が何も言わないので、勘違いした真野が説明してくれた。

「井の頭図書館にも、よく資料を借りに行きました。帆船や武器の図録から、鎧《よろい》や刀剣の解説書まで」

「それで今日も中学生にアドバイスしてたんですね。ずいぶん詳しいんだなと思ってはいたのですが……」

何もかもつながった。

そういうことだったのか。

里帆は腰を抜かして、地面にへたりこみそうになる。

よろめく里帆を、真野が細い腕で抱きとめてくれた。

「鈴村さん、大丈夫ですか？」

「あっ、すみません、漫画家さんの大切な手を使わせてしまって……！」

里帆は慌てて、身体をはなす。

「いや、別にこれくらい、どうということはありませんけど」

「あの、あたし、実は『海賊サムライ』を読もうと思って、さっきコミックスを三巻まで買ってきたところなんです」

「えっ、本当に⁉　ありがとうございます。すごい偶然ですね」

真野の声に喜びがにじむ。

あいかわらず、声のわりに顔の表情はかたいが、これも憑依霊だから多少のぎこちなさがあるのだと考えれば、合点がいく。

「いえ、まあ……そう、ですね」

それはさておき、里帆が『海賊サムライ』を買ったのは、残念ながら偶然ではない。

作者のひとりが死んだと聞いて、追悼コーナーを考えついたからだ。

あまりにも後ろめたすぎる購入目的に、里帆は思わず真野から目をそらした。

気まずい。

まさか死んだ方の遠野ハルカ本人と、こんな形ででくわしてしまうとは。

「あれ、もしかして鈴村さん」

「え？」

「作者が死んだと知って、『海賊サムライ』を読むことにしたくちですか？」

「うぎゃっ」

思わず里帆は奇声をあげてしまった。

「す、すみません。実はそう、です」

追悼コーナーのことはとりあえず黙っておくことにする。いずれはばれてしまうかもしれないが。

「別にかまいませんよ。印税が口座に振り込まれるおかげで、僕はスマートフォンが使えるんですから。お買いあげありがとうございます」

「あ、はあ……」

甘い声でほがらかに言われて、ますます里帆は恐縮した。

どうやら皮肉ではないらしい。

でもそうか、まだ亡くなって日が浅いから、スマートフォンも銀行口座も解約手続きがされていないのか。

なんだかせつないな、と、里帆は思う。

「高校生が知っていたくらいだし、仕事の早い書店員さんがいるところではもう僕の追悼フェアなんてはじまってますかね？」

「あたしが今日行った商店街の書店は、まだ、ただの平積みでしたけど、明日には大々的な追悼フェアになっているかもしれません」

「ありがたいことです」

「そう、ですか」

「そうですよ。そうだ、鈴村さん、図書館でも僕の追悼フェアやりませんか？」

「えっ」

里帆は驚きと後ろめたさで、口から心臓が飛びだしそうになる。

やっぱりばれていたか。

さすが漫画家、推察力がハンパない。

「僕も協力しますよ。どうせ暇だし」

「それは助かりますが……」

「そのかわり、お願いしたいことがあります」

「あたしにできることでしたら」

「東山に、僕の言葉を伝えてもらえませんか？」

「あたしがですか？」

「ええ。鈴村さんなら僕とも東山とも話せる。あなたほどの適任者はいません」

「ただ伝言するだけでいいんですか？　いいですよ、メモしますね」

里帆はスマートフォンをとりだした。

筆記用具も持っているが、スマートフォンのメール画面だと暗いところでもメモがとれて便利なのだ。

「どうぞ」

「東山、『海賊サムライ』を完結させてくれ」

里帆は手早く画面に文を打ちこむ。

「続きをどうぞ」

「おまえならひとりでも大丈夫だ」

「はい」

「以上です」

「わかりました」

里帆は打ちこんだ文章を下書きフォルダに保存した。

「東山に伝えてもらえますか？」

「うーん……。もちろん、ただ伝えるだけなら可能ですけど、これが真野さんからの言葉だって、東山さんが信じてくれるかどうか。東山さんは、真野さんが幽霊としてこの世に残っていることを知らないんですよね？」

「まったく気づいていません」

自分に憑依していると知ったら驚くだろうなぁ、と、真野は愉快そうに言う。

「たとえば明日、東山さんがおきている時間に会いに行って、私は真野さんの幽霊から伝言を頼まれました、と言ったとして、東山さんは信じてくれるでしょうか?」

里帆の脳裏に、昼間コンビニで会った時の、東山の無愛想でつっけんどんな態度がよみがえる。

「それは……」

「信じませんよね。あたしが逆の立場だったとしても、絶対に信じません。不審者だって、ドアをバタンと閉められて終わりでしょう。いや、その前に、ドアを開けてくれない可能性すらあります」

言い終わって、思わず里帆はため息をついてしまった。

これはなかなかに前途多難かもしれない。

「問題はそこですね。明日までに考えておきます」

「お願いします」

「じゃあ、また明日。おやすみなさい、鈴村さん。よい夢を」

真野はとろけるような甘い声で言うと、右手をあげて、去っていった。

シンデレラ氏はもうタイムリミットなのだろう。

二

そろそろ終電もなくなろうかという深夜。
文京区にある高諷社《こうふう》ビルは、一階をのぞくほぼ全フロアで照明がこうこうとともってい
る。
なかでも五階にある少年ギャング編集部では、なりやまぬ電話の対応に追われていた。
「だめだ、これじゃ仕事ができない。『海賊サムライ』どうするんだって、業界中の知り
あいから携帯にまでかかってくるし」
「少年ギャングのホームページ、アクセスが集中してサーバーが落ちそうです。メールの
問い合わせもすごいことになってます……」
「おれ、印刷所に連絡入れないと。『猫パラ』編集部で電話かりてきます」
「あっちも電話なりまくりだよ。さっき苦情言われた。駅の公衆電話使うしかないな」
「個別対応の限界をこえたから記者会見やってくれって広報部から言われたんですけど、
編集長、どうしましょう?」
編集長は苦り切った表情で腕組みし、てんやわんやの部下たちを見渡した。

「東山さんに無断で開くわけにはいかんだろう。そもそも『海賊サムライ』を再開できるメドがたたないことには、記者会見なんかひらいたってしょうがない。どうせ質問はそこに集中するんだし。おい、桐嶋《きりしま》、まだ東山さんとは連絡がつかんのか」

「すみません。もともと打ち合わせはいつも真野さんとしていたので、あたし、東山さんとはほとんど話したことがなくて。今日も吉祥寺のマンションまでうかがったんですけど、お留守のようでした」

『海賊サムライ』の担当編集者である桐嶋唯衣《ゆい》は、疲れ切った顔で答える。

漫画編集者らしからぬかっちりしたスーツに、高いヒールのパンプスで決めているが、爪先がはがれたネイルのせいで台無しだ。

さらに今日は一度も化粧を直す暇がなかったせいで、鼻がてかっている。

「東山さんは天才だけど、人間関係はまったくだめだからな。俗に言うコミュ障っていうやつなのかな？　おれも九年間担当したけど、ついに打ちとけてくれないままだったよ」

副編集長の日高《ひだか》がため息をついた。

「去年あたしが引き継ぐまで、日高さんがずっと担当してたんですよね？　デビュー当時から打ち合わせは真野さんと二人で？」

「いや、以前は、東山さんも入れて、三人で打ち合わせをしていたよ。最初の頃は、二人でストーリーを考えて、作画もキャラクターごとに分担してたのかな。東山さんもすごく面白い設定を考えるんだ。個性的で、ぶっとんでいて、他の誰にも思いつかないような。ただ……」

「ただ？」

「ネームをなおせないんだ」

日高の暗い声に、桐嶋はのけぞった。

「え、天才漫画家の俺様に、編集者ごときが口出しすることは許さん、ってことですか……？」

「いやいや、そういうんじゃない。東山さんのネームは、たいてい展開が強引すぎて、わかりづらいんだ。よくよく読むと面白いんだけどね。で、もうちょっと説明を入れないと読者には伝わらないからって言うと、修正したものを送ってはくるんだよ。でも、たいてい改悪されて、もっとわかりづらくなってるんだ。そうじゃないってもう一度説明するんだけど、直せば直すほど、どんどん意味不明になっていくんだよね……」

「日高さん、東山さんに嫌われてたんじゃ……」

「だったらまだ救いがあるんだけどな。残念ながらわざとじゃないんだ。本人は一所懸命なんだよ」

「ひぃ……」

「その点、真野さんは柔軟だから、こちらの意図をちゃんとくみとって、的確に修正できる。アイデアをとりこむのもうまいし。で、結局、いろいろ試した結果、真野さんがネームを担当して、東山さんは作画に専念する今のスタイルに落ち着いたんだよ」

「真野さんは、打てば響くように修正してくれましたよね。もっとも、ほとんど修正の必要もないくらい完璧なネームでしたけど。でもその真野さんがいなくなってしまった今、どうしたものか……」

「ネームのストックはもうないのか？」

「次の回まではできてます。が、そこまでですね。そもそも東山さんが描いてくれないことには、そのネームもお蔵入りに……」

「ネームを引き継いでくれる人を探すしかないな」

桐嶋の言葉をさえぎったのは、編集長だった。

「心当たりがあるんですか？」

「青年誌で脚本を書いている原作者なら何人か知ってる。いざとなったら、脚本からネームにおこせる漫画家をもうひとりつければ何とかなるだろう」

「でも東山さんが、真野さん以外の人がきったネームを受け入れてくれるかどうか……」

「問題はそこだな。東山さんがペンを持ってくれないことには、どうにもならない。今回は状況が状況だから、ゆっくり待ってなんかいられないぞ。なんとか東山さんを説得するのがおまえの仕事だ」

「わかってます。明日もう一度行ってみます」

桐嶋は思いつめた表情でうなずいた。

三

帰宅した里帆は、猫たちがキャットフードを食べる傍らで、『海賊サムライ』のコミックス一巻を読みはじめた。

戦国時代の末期、松永弾正《まつながだんじょう》につかえていた二人の若者は、主君も自分たちも織田信長《おだのぶなが》との戦いに敗れ、爆発炎上する信貴山城《しぎさんじょう》から命からがら脱出。どうせなら異国まで逃げてやろうぜ、と、マカオへむかうイエズス会宣教師の船にこっそり乗り込み、国外へ。

二人は助け合いながら生き延びていくが、世界一周の航海中だった大海賊フランシス・ドレイクと出会ったことがきっかけで、運命の歯車が大きくまわりはじめる……。

三巻まで読んだところでは、まだ二人は海賊の用心棒レベルだが、さすが海洋冒険大好きな真野がストーリーを担当しているだけあって、これでもかというくらい海賊と海軍がでてくる。

東山が描く帆船と海の男たちがまた格好いい。

もしかして、真野だけではなく、東山も海洋冒険好きなのだろうか。

真野、いや、遠野ハルカにききたいことはたくさんあるが、まずは十五巻まで読まないことにはお話にならない。

早速、明日の昼休み、図書館の近くにある書店に行って続きを買わないと。

そこまで考えて、里帆は思わず笑いだしてしまった。

自分は今、真野が遠野ハルカだという設定に夢中だけど、そんな偶然、本当にあるのだろうか。

これがもしホラ話だったとしたら、真野はなかなかの演技派である。

だが、真野が里帆をだましたって、何の得もないし、きっと彼は本当に憑依霊だ。

彼が本物の、遠野ハルカであってほしい……。

四

午前零時《れいじ》をまわるころ。

東山一生はリビングのソファで目覚めた。

最近、ベッド以外の場所で目がさめることが多い。

しかも、部屋着のスウェットではなく、コットンのチノパンにニットのプルオーバーを着ている。

夢遊病、いや、記憶障害か？

泥酔した翌日、路上で目覚めるサラリーマンにくらべたら、自宅にいるだけまだましだと思っておこう。

深く考えることなく、東山は煙草を一本手に取り、火をつけた。

テーブルの灰皿は、煙草の吸い殻が山盛りになっている。

もともとこの大きなテーブルは、二人でネームの打ち合わせをする時に、十六ページぶんのネームを全部並べたい、という真野の希望で買ったのだ。

今はもう、空になったカップ麺やコンビニ弁当の容器と、ビールの缶、チューハイの缶置き場になっている。

まずは寝起きの一杯を飲むか、と、思ったが、冷蔵庫をあけてみると、調味料しか入っていなかった。

そうだ、昨日、コンビニで食べるものと酒を調達するつもりだったのだが、結局、何も買わずに帰ってきたのだった。

見知らぬ女に「真野さん」とよびかけられて、ぎょっとしたんだった。

ただの人違いだったらしいが、よりによって今、自分が一番聞きたくない名前でよびかけてくるなんて、悪夢だ。

そしてその後、高校生たちが店内に入ってきて……。

東山は頭を左右にふった。

忘れよう。

薬を飲んで、酒を飲んで、寝てしまおう。

だが肝心の酒がもうない。

もう買い置きのカップ麺も食べ尽くしたし、今夜こそは何か買ってこないと。

面倒臭いな、と、思いながらも、靴をはき、玄関のドアをあけると、ドアノブにこじゃれた紙の手さげ袋がさがっていた。

中を見ると、高そうな洋菓子の箱に、メモ用紙がそえられている。

（ご連絡をお待ちしています　桐嶋）

「桐嶋……？　誰だ。まさかストーカーか？」

東山は手さげ袋ごとゴミ箱に放り込むと、静まり返った住宅街の夜道を歩きはじめた。

第四章　ミッションのはじまり

一

金で塗られた優美な船尾装飾が陽光をうけて明るくきらめく。
風をはらむ大きな横長の帆には、色とりどりの模様。
「すげえ。まるで海にうかぶ城だな」
スペイン船の巨大さと派手さに虎之助《とらのすけ》はどぎもをぬかれた。
刀を握る右手に、汗がにじむ。
波の音。風の音。潮のにおいに、火薬のにおい。
短く浅い眠りの中で、里帆はそんな夢を見た——。

次の日、里帆は寝不足でよろよろしながら図書館に出勤した。

『海賊サムライ』の続きが気になりすぎて、結局、夜中にコンビニまで行って大人買いし、十五巻まで読み終わった時には、もう空が白みはじめていたのだ。

いい年をした大人のやることではないと思うのだが、面白いので仕方がない。

万が一にもパソコンの前でうたた寝をしないように気をつけないと。

「鈴村さん、目の下にクマできてますよ。どうしたんですか？」

落合に心配そうに尋ねられ、里帆は苦笑いをうかべた。

「それが、『海賊サムライ』を読んでいたら朝五時までかかってしまって……」

「えっ、鈴村さん、早速『海賊サムライ』を読んだんですか⁉　面白いですよね！」

「実はあたしも孫のコミックスを借りて昨日読みはじめたのよ。あたしは十巻まで読んだところで眠気に負けちゃったんだけど、鈴村さん、若いわねぇ」

「やっぱり読まないことには、追悼企画にも力が入りませんよね」

いっせいに同僚たちに取り囲まれ、里帆はたじろいだ。

「書店員にもファンが多いから、複製原画や限定フィギュアまで使って大々的な追悼フェアをはじめてる書店もありますよ。ＳＮＳに写真がいっぱいあがってます」

「ディスプレイ職人がいるところは、すごいからね」

「そもそもうちの図書館って、『海賊サムライ』のコミックスを所蔵してないんですよね。今回の企画用に購入しますか？」

「購入したところで、すぐに借りられちゃうから展示にはむかないんじゃない？　これは展示専用なので貸し出しできません、ということにしたら、それはそれで、なんで借りられないんだよって文句がくるだろうし」

職員たちの声を聞いて、すっくと立ち上がったのは館長の小平だった。

「それなら僕の私物を供出してもかまいませんよ。自分用とは別に、布教用を一セット持ってますから」

「館長!?」

さすが大大大ファンを自任するだけのことはある。

「ただし、うちは図書館だから、図書館らしい追悼コーナーを目指したいですね」

「はい」

と答えたものの、図書館らしい追悼コーナーって何だろう。

里帆は心の中で頭を抱えたのであった。

午後三時頃、スマートフォンを見ると、真野からメッセージが入っていた。

(いつものノクターンで待っています。今日は何時に終わりますか?)

どうやら東山の意識が就寝して、真野の活動時間になったようだ。

(今日は五時までなので、五時半には行けます)

里帆が返信すると、すぐに『海賊サムライ』の主人公である虎之助がニカッと笑う(りょうかい)のスタンプが送られてきた。

スタンプが送られてきたのははじめてだが、やはり作者は自分の作品のスタンプを使っているのか。

そういえば虎之助は、海と船が大好きなところが、真野に似ているかもしれない。

となると、虎之助の親友のモデルは東山だろうか?

今日、ノクターンできいてみよう。

よし、あと二時間、睡魔《すいま》に負けている場合じゃない。

里帆は自動販売機でエスプレッソを買ってくると、両手で自分の頬を軽くたたいて眠気を追いだし、キーボードをうちはじめた。

二

午後五時をまわると、里帆は大急ぎで机の上を片付けて、席を立った。

真野にききたいことが山ほどある。

早足で人混みを抜けると、階段をおり、ノクターンのドアをあけた。

今日も真野は隅のテーブルに陣取り、辞書と本と泡の消えたビールをひろげている。

幸い東山はずっと熟睡しているようだ。

「主人公の虎之助に似てますか？　僕が？」

里帆の質問に答える真野の声に、愉快そうな響きがまじる。

「違うんですか？　明るくて前向きで、どんな敵からも逃げないでぶつかるところなんかも、真野さんに似てる気がしたんですけど」

「虎之助は東山なんですよ。いつも自分の好きなことにむかって一直線なんです」

「真野さんは？」

「どちらかというと僕は、虎之助の親友の四郎丸《しろうまる》ですね」

「常に冷静沈着な頭脳派サムライの四郎丸ですか」

「そう言うと格好いいけど、顔にださないだけで、実は臆病な小心者なんですよ」

「臆病？　真野さんが？」

「すぐに他人の顔色をうかがっちゃうし」

「そのぶん、気配りができる優しい人っていうことですよ」

「ものは言いようですね」

真っ黒な瞳の目もとが、かすかにほころぶ。

「東山は、意志が強くて、他人の顔色は気にしないし、意見に流されたりしない。というのも、他人とコミュニケーションをとるのがひどく苦手だから、良くも悪くも、顔色をうかがったり空気を読んだりできないんです」

「あたしがコンビニで会った時、すごく無愛想でつっけんどんな態度だったんですけど、あれは……」

「すごく緊張してたんだと思う。知らない人から声をかけられるのは、東山にとってかなり大変なことなんです。ましてや若い女性となると。何せあいつ、ずっと片想いをしていた女の子に、一度も声をかけられなかったくらいで。決して悪い奴じゃないんだけどね」

そこまで言って、真野は小さくため息をついた。

「東山は基本的に人の話を聞く耳を持たないからな。僕の伝言も受け入れてくれるかどうか……」

真野は左手の中指を、左右の目の間にあてた。

よく見ると、第一関節のわきにペンだこがある。

「昨日コンビニで聞いた東山さんの声は、ちょっとかすれ気味で、あたしが今聞いている真野さんの声とまったく違っていたんですけど、いつもあんな声なんですか？」

「東山は元々ハスキーな上に煙草の吸いすぎで、喉が荒れてるんですよ」

「真野さんの声は、本来、というか、生前も今と同じ声だったんですか？」

「そうですね。東山の声帯を借りて話しているので、多少は違うかもしれませんが、ほぼこんな声でした」

「だったら、あの作戦が使えるかもしれない」

「何か思いついたんですか？」

「真野さんの声を録音して、東山さんに聞かせるんです」

「東山のスマートフォンに、僕のボイスメッセージを録音しておくんですか？　昨日も言いましたが、東山はずっとスマートフォンの電源を切ってるから、録音に気づかないと思いますよ」

「そこはあたしが頑張ります。なので、こちらの読書週間企画にもご協力お願いします」

「追悼コーナーですね。わかってますよ」

「どうせ暇だし、って真野さん言ってましたけど、東山さんが眠っている間は、ずっとここで本を読んでるんですか？」

「借りていた古い洋画のＤＶＤをレンタルビデオ店まで返却に行ったり、部屋を片付けたり、服や雑誌を処分したり、いわゆる終活みたいなことをしてます。図書館で借りていた本も全部返却しましたよ」

「終活って……」

　里帆は言葉につまった。

「もう死んでるのに、変ですよね」

　真野はクスクス笑う。

「じゃあ今着ている服は？」

「これは東山の服です。僕の服だとサイズがあわないので」

「真野さんは、東山さんより大きかったんですか？」

「横はね。東山は見ての通りガリガリだから。身長は僕の方が五センチ低かったな」

「もしかして眼鏡をかけていたんですか？」

「あたり。どうしてわかったの？」

「さっき眼鏡のブリッジを押し上げる仕草をしてましたよ」

「ばれましたか。身体がかわっても癖ってぬけないみたいで、時々やっちゃうんですよね」

「真野さんの元々の姿がうつっている写真ってスマホにないんですか？」

「僕は自撮りなんかしないから、ないと思うけど……」

そう言いながらも、真野は一応、スマートフォンの写真フォルダを確認してくれた。

「あっ、これ！」

「ありましたか⁉」

真野が嬉々《きき》として里帆にさしだしたのは、白い大型帆船の写真だった。

しかも五十枚、いや、もっとありそうだ。

「きれいでしょう？　横浜の日本丸《にっぽんまる》が総帆展帆《そうはんてんぱん》した時に行ったんですよ。日本丸は木造じゃないけど、乗組員が帆を張るときの基本的な動作なんかはすごく参考になりました。あと内部の見学もできるんですよ。こちらは資料というより、ほぼ僕の趣味ですけど」

いやそれ、うつってるのは他の観光客ばかりなんですけど、と、里帆は心の中で苦笑する。

「たしかにきれいですね。帆も船体も真っ白で」

「そうなんですよ。いつかイギリスのヴィクトリー号も見に行きたかったなぁ」

「ネルソン提督《ていとく》の旗艦《きかん》、現存してるんですか？」

ネルソンといえば、ホーンブロワー・シリーズの主要舞台でもあるナポレオン戦争時代の有名な英国海軍提督である。

ネルソンが壮烈な戦死をとげたトラファルガーの海戦から、ゆうに二百年はこえているはずだが。

「ポーツマスに繋留されているらしいですよ。砲列甲板《ガンデッキ》やキャビンも見学できるそうです。近くには海軍博物館もあるんじゃなかったかな」

「東山さんにイギリスへ連れて行ってくれって、頼んでみましょうか？」

東山がイギリスに行けば、憑依霊である真野も一緒にくっついて行けるはずだ。

そのためにはまず、真野の存在を認めてもらうところからなので、なかなかハードルは高そうだが。

「ありがとうございます。でも東山は飛行機がだめなんですよ」

「ええと……ウラジオストックから鉄道を乗り継いで、ドーバー海峡まででれば……」

「それは考えたことがありませんでした。イギリスまで一週間くらい？　もっとかな」

「そうだ。いっそのこと『海賊サムライ』の二人のように、船で行ってみるってどうですか？」

「豪華客船クルーズですか。喜望峰《きぼうほう》まわりって、きっと気が遠くなるくらいの時間と料金がかかるんでしょうね。スエズ運河経由ならかなり時間は短縮されるけど、どうせなら有名な喜望峰の荒海を取材したいし……。うーん、でも、取材旅行で何ヶ月も休載するなんて、編集部が許してくれるわけないから、やっぱり無理だなぁ」

「じゃあ、『海賊サムライ』が完結したら、自分たちへのご褒美で行くといいですよ。そのためには、まずは東山さんが続きを描いてくれる必要がありますが」

「そうですね。ヴィクトリー号を見に行くためにも、何がなんでも東山に連載を完結してもらわないと。鈴村さん、お願いします！」

「では早速、真野さんの伝言を収録しましょうか」

里帆は自分のスマートフォンを真野にわたす。

「ここが録音ボタンです」

「ありがとう」

真野は東山にむかって、簡潔に語りかけた。

「東山、僕だ、真野だ。『海賊サムライ』を完結させてくれ。おまえならひとりでもできる」

ほんの数秒の伝言だった。

「これでいいかな？」

「確認しますね」

ちゃんと録音されているか、再生してみる。

実は幽霊の声を録音できるのか、里帆には一抹《いちまつ》の不安があったのだが、大丈夫だった。

いつもの真野の甘い声が里帆のスマートフォンから聞こえてくる。

「ＯＫです。この声を聞かせれば、間違いなく真野さんからの伝言だって、東山さんも納得してくれるはずです。こんな声のいい人、そうそういませんからね」

「そうかな？」

「自覚してないんですか？」

「まったく」

謙遜《けんそん》でもないようだ。

なぜそんなことを言われるのか分からない、という様子である。

里帆は東山と真野が住むマンションの住所を教えてもらい、地図アプリで確認した。

吉祥寺駅から十二、三分の住宅街で、里帆が東山と遭遇したコンビニからも近い。

「あれ、うちのマンションから十分くらいですね。これなら歩いて行けます。東山さんが確実に家にいる時間ってわかりますか？」

「鈴村さんと会ったコンビニに行く以外は、ほとんど家でぼーっとしてるよ。最近は大好きなマクドナルドにさえ行かないし。あんなにチキンナゲットのバーベキューソース好きだったのになぁ」

真野は悲しげにつぶやく。

「午後は眠ってしまうんでしたね？」

「うん。日によってまちまちだけど、早いと一時すぎ、遅い日でも三時くらいには薬を飲んで眠ってしまうかな」

「ちょうど明日は水曜日なので、午前中に行ってみます」

「ああ、休館日ですね」

「はい、お邪魔します。と言っても、真野さんには会えないんですけど」

「僕には何もできないけど、かげながら応援しているので頑張ってください」

「はい」

里帆はうなずいた。

三

目をさますと、外はどしゃ降りだった。

雨音のせいか、海の夢を見たような気がする。

幸い昼前には雨がやんだので、里帆はスマートフォンを片手に東山のマンションへむかった。

真野に教えてもらった住所にたっていたのは、有名漫画家が住んでいるにしては、豪奢《ごうしゃ》でもおしゃれでもない、ごく一般的な四階建てのマンションだった。

特にオートロックというわけでもなければ、管理人も常駐していないようだ。

里帆はエレベーターに乗り、真野に教えてもらった四〇五号室にむかう。

「あれ、これは？」

四〇五号室のドアノブに、白いビニール袋がぶらさがっていた。

何だろう？

気にはなったが、勝手に中をのぞくわけにもいかない。

気にしないことにして、里帆はドアの脇についているインターフォンを押した。

屋内でピンポーンと鳴っているのが聞こえる。

しかし反応がない。

買い物にでかけたのだろうか。

だめもとで三回目のインターフォンを押すと、ついに反応があった。

「なに？」

ぶっきらぼうなかすれ声が聞こえる。

東山は今日もご機嫌ななめのようだが、ここまで来て逃げだすわけにはいかない。

真野と約束したのだ。

里帆は右手でスマートフォンをぎゅっと握りしめる。

「こんにちは、真野さんの遺言を届けにきました」

里帆が言った瞬間、無言でインターフォンを切られてしまった。

真野の遺言といえば聞いてくれるかと期待していたのだが、どうもあてがはずれたようだ。

「切るの早すぎるんだけど！　もうちょっと聞いてよ」

里帆はまたインターフォンを押した。

しかし反応はない。

十秒ほど待って、もう一度押してみる。

さらに十秒後。

だめだ、完全に無視されている。

出直すしかないかも、と、あきらめかけた時。

「うっせーんだよ！」

不機嫌全開の怒鳴り声とともに、ドアがあいた。

不健康を通り越して、どす黒い顔色の東山が顔をだす。

左手でドアノブを握り、右手の指に煙草をはさんでいる。

その上、アルコール臭までする。

「なんなんだよ、さっきから！　宗教か⁉」

「すみま……」

いや、謝っている場合じゃない。

里帆はいきなり東山の鼻先にスマートフォンをつきつけると、真野の伝言を再生した。

（東山、僕だ、真野だ）

東山の顔色がかわる。

（『海賊サムライ』を完結させてくれ。おまえならひとりでもできる）

「こ、この声、真野……か？」

「はい、亡くなった真野さんの遺言です。東山さんに伝えてくれと頼まれました」

里帆はもう一度、録音を再生した。

「う、嘘だ……。真野が遺言なんかのこしてるはずない。わかった、さてはアプリか何かを使って、真野の声を再現したんだろう。おれはそんな姑息《こそく》な手にはひっかからないぞ」

否定しながらも、瞳孔はまっ黒に開き、唇がかすかに震えている。

あと一押しだ。

「あたし、真野さんと知り合いなんです。東山さんが飛行機が苦手なことも、マクドナルドのチキンナゲットのバーベキューソース味が好きなことも聞いてます」

「そんなの、どこかのインタビューで読んだんだろ……」

「東山さんはインタビューに応じたことありませんよね？」

追悼コーナー企画のために、雑誌やネットニュースのインタビューはチェックずみである。

「だから、真野がインタビューでおれのことを……」

東山の黒い瞳が泳ぐ。

同じ黒い瞳のはずなのに、やはり東山本人の時はよく動くし、感情があらわれる。

ちなみに今は、焦りと動揺だ。

「真野さんは、東山さんのプライベートについては話してませんよ？」

「…………」

東山は黙り込んでしまう。

「じゃあ、遠野ハルカとっておきの秘密を。『海賊サムライ』で虎之助と恋に落ちるスペイン国王の姪《めい》、カタリーナ姫の名前は、中学生の時に東山さんが片想いしていた加藤莉名《かとうりな》さんからとった。顔もちょっと似せてある」

「はあ……!?」

東山の顔が一瞬で真っ赤にそまる。

「〆切を大幅にやぶり、印刷所の輪転機が止まりかけている時、虎之助の黒髪は躊躇《ちゅうちょ》なく真野さんにまかせるが、姫の金髪線は絶対に自分でペン入れする」

「わ、悪いか!?」

「そこまで好きだった初恋の加藤さんだが、結局、一度も話しかけることが出来なかった」

「おまえ、なんだってそんなこと知ってるんだ！」

「もしも録音を信用できないって東山さんがぐずるようだったら、この話をするといいって真野さんが言ってました。家族も編集者も知らない、東山さんと真野さんの二人だけの極秘事項だからって」

「くそ、真野め……！　よりによって加藤莉名の話をするとは……」

「これであたしが真野さんから預かったボイスメッセージは本物だって信じてもらえましたよね？」

東山はムッとした様子でおし黙ると、じろりと里帆をにらみつけた。

「おまえ……本当に真野と知り合い……なんだな……？」

里帆を信じていいのかどうか、まだ迷っているような口ぶりだ。

「だからそう言ってます」

里帆はきっぱりと断言した。

「……本当に、あの声は、真野の……」

東山はずるずると膝《ひざ》からくずおれた。

「真野の……遺言、なのか……」

里帆もコンクリートの床に膝をついて、東山にうなずく。

「はい。真野さんは、東山さんに『海賊サムライ』を完結まで描ききってほしいと言ってました」

真野が幽霊として東山に憑依しているなんて告げたら、あやしさ百五十パーセント増になってしまうので、録音の時期など詳しいことはあえて話さない。

これも真野と相談して決めたことだ。

「真野……」

東山は膝と両手を床につき、下をむいて、うめくように言った。

「すまない、真野、俺のせいで……」

左手の握りこぶしでコンクリートを殴りつける。

「おれが、おれが死ねばよかったんだ……なんでおまえ……」

二度、三度とこぶしをふりおろした。

「もうやめてください、大切な左手に血が！」

里帆はとっさに自分の両手で東山の握りこぶしを包みこんだ。

東山のこぶしを握りこんだ里帆の両手は、おもいっきり床にたたきつけられる。

「くっ……」

里帆の顔が痛みでゆがむ。

「はなせ！　邪魔をするな！」

東山は里帆の手をふりほどこうとするが、酔っ払っているせいか、里帆の全力にかなわない。

「いやです！　左手が骨折したらどうするんですか！　自分の手を傷つけないって約束してくれるまではなしません！」

「おれの手をどうしようと、おれの勝手だ！」

「お願いです！　あたしも『海賊サムライ』の続きを読みたいんです」

里帆の頼みに、東山はビクッと両肩をふるわせた。

「無理だ……」

東山はうつむいたまま、頭を左右にふる。

「おれには、描けない……」

そこまで言うと、東山はぐらりと床に倒れ込んでしまった。

四

「東山さん!?　大丈夫ですか!?」

驚いて里帆は声をかけるが、ピクリとも動かない。

どうしよう。

脳梗塞《のうこうそく》や心筋梗塞だったら一刻を争う。

今度は里帆が真っ青になる番だった。

「きゅ、救急車……！」

スマホの緊急通話ボタンをタップする。

「救急車をお願いします！　突然倒れてしまったんです。はい、意識不明です。住所は吉祥寺東町の……ええと」

「大丈夫……」

うっすらと目が開いた。

「気絶……しただけ……」

ささやき声。

こんな時なのに、ひどく甘く響く。

良かった、真野だ。

里帆はほっとして、大きく息を吐いた。

「あ、気がつきました。大丈夫だって言ってます。すみません。はい、また何かあったらあらためて連絡しますので」

里帆は救急車の依頼を取り消すと、上半身をおこした真野の顔をのぞきこんだ。

「まだ顔色悪いですね……」

「それはいつもだから」

真野の声に苦笑がまじる。

「ああ、でも、額にたんこぶができてますよ。倒れた時、ぶつけたんですね。冷やした方がよさそうです」

「うーん、冷凍庫に保冷剤があったかなぁ」

里帆は真野に手を貸して、立ち上がらせた。

いつまでも廊下に座り込ませておくわけにもいかない。

「とりあえずリビングに……」

真野が右手でドアノブをあけようとして顔をしかめた。

「あいつ、火のついた煙草にさわったな」

「水！　灰を流して冷やしましょう！　キッチンはどこですか⁉」

「キッチンは右手ですけど……でも……」

「ここですか？」

ためらう真野をひっぱるようにして連れて行きながら、里帆はキッチンのドアをあけた。

「う」

キッチンにつまれていたのは、大きなゴミ袋の山だった。
四、五袋はあるだろうか。
中身はほとんどカップ麺や弁当の容器、それに空き缶のようだ。

そしてバケツには大量の煙草の吸い殻。

複雑な生活臭がうずまいている。

「すみません、深夜から午前中は東山がおきているので、ゴミをだせなくて……」

真野が申し訳なさそうに謝る。

どうやら真野が亡くなって以来、半月以上、ゴミをだしていないようだ。

「なるほど。でもそんなことよりまずは手当しましょう」

里帆はゴミ袋もバケツも見なかったことにして、シンクの蛇口まで真野を連れていった。

「あーやっぱり左手も血がでてますね」

「鈴村さんの手は大丈夫でしたか？」

「ええ、とっさに東山さんが力をゆるめてくれたので、怪我《けが》はしていません」

「そうですか、良かった」

「それよりも東山さんの左手ですよ。ペンを握る大事な手に何てことを」

里帆はブツブツ言いながら両手を水で洗い流すと、リュックからキズパワーパッドをだして貼った。

おでこのたんこぶにはタオルでくるんだ保冷剤をあてる。

「火傷《やけど》はたいしたことなさそうでほっとしました。でも念のため、後で病院に行ってください ね」

「驚きました。鈴村さん、ずいぶん手際がいいんですね」

真野は自分の両手を見ながら感心したように言った。

「図書館で児童書のコーナーも担当してるんですけど、子供が転んでけがをしたり、たんこぶをつくったりっていうことがたまにあるんです。さすがに火傷はありませんけど」

「あ、鈴村さんが子供たちを集めてお話の読み聞かせ会をやってるの、見たことあります。たまたま動物図鑑を探していた時だったかな。子供たち一所懸命聞いてましたね」

「えっ、あの時、見てたんですか？　あの日はたまたま、毎月来てくれるボランティアさんが急病で、あたしがかわりに読んだんです。まさか真野さんに見られていたなんて」

声優でもないのに、いろんな登場人物になりきって、ひとりで物語を朗読するのだ。

あれを見られていたなんて、かなり恥ずかしい。

「もうちょっと年上の、中高生むけのジュニアコーナーも担当してるんですけど、『海賊サムライ』のノベライズ本も大人気ですよ。男の子はもちろん、女の子も借りて行きます」

「光栄だな」

「実は職場の上司や同僚たちもみんな『海賊サムライ』を愛読していることが最近判明しました。遠野ハルカ先生がうちの図書館に資料を探しに来ていたなんて知ったら、きっと大騒動になりますね」

「その節はお世話になりました。ありがとうございます」

「みんな、『海賊サムライ』がこの先どうなるのか、とても心配しています。どうして東山さんはあんなにかたくなに拒否しているんでしょう。まさか気絶してしまうなんて……。あたしが強く言い過ぎたせいでしょうか……？」

里帆はしょんぼりと肩をおとした。

「半分は酒のせいなので、鈴村さんが気にすることはありません」

「だといいんですけど……」

「でも東山が、僕の事故死を、あんなふうに思っていたなんて驚きました」

「自分のせいで真野は死んだんだって、言ってましたね」

「東山は全然関係ないのに……」

「あの……もしかして、東山さんが運転していた車に真野さんも乗っていて、事故にあった、とか、そういう状況ですか……？」

真野は運転免許証を持っていないが、東山は持っているのだ。

「違います。僕は歩行者として横断歩道を渡っていた時に、左折してきた自動車にはねられたんですよ。東山は事故現場にはいませんでした」

「じゃあどうして、自分のせいだ、なんて言ったんでしょう？」

「わかりません。あの日は、『海賊サムライ』の原画展でサイン会があって、東山と僕の二人で行くことになってたんです。でも東山は、前日〆切の原稿を昼近くまでひっぱってしまって、たぶん四十時間くらい寝てなかったんじゃないかな。だから、僕がひとりで原画展の会場へ行くことにしたんです。で、原画展の会場から帰る途中で事故にあって、その日のうちに死んでしまいました」

つらい記憶のはずなのに、真野は淡々と語る。

「そのどこが東山さんのせいなのか、全然わかりません。東山さんは、自分が一緒に行けば、事故はおこらなかったって思ってるんでしょうか」

「もしかしたら東山は車で行くつもりだったのかもしれませんね。一応、自分の車を持ってるんですよ。ほとんど駐車場に置きっぱなしですけど」

「しかも徹夜明けですよね。そんな人の運転する車、逆に怖いんですけど……」

下手したら、会場にたどりつけなかったのではないだろうか。

「でしょう？　僕はあの日、ひとりで行って正解だったと思ってます」

真野は明るく言う。

「でも東山さん、あの調子だと、『海賊サムライ』の続きどころじゃなさそうですね」

「まいったな……。あの日、サイン会にたくさんの読者がきてくれて、毎週、続きを楽しみにしている、って言ってくれたのに」

真野は左手の中指で、かけていない眼鏡のブリッジをおしあげようとした。

「あ」

「エアー眼鏡ですね」

里帆はクスッと笑みをもらす。

「あたしも続きを読みたいです」

「ありがとう。僕も描きたかった。僕の頭の中にはラストシーンまでのビジョンができあがっていて、あとはそれを紙に描くだけだったんだけど……」

「じゃあ、描きましょう！　描いてください。右手でも左手でも、特訓して、使いこなせるようになれば、また、ネームをきれるようになりますよ」

「うん、でも、あまり時間の余裕はなさそうなんだ」

真野は大きなテーブルの上で、カップ麺の容器の間に埋もれていたスマートフォンを捜しだし、電源をいれた。

「毎日十回以上、編集者の桐嶋さんから電話やメールが入ってる。そうとう焦ってるみたいだ。さっきドアノブにかかっていた袋も、桐嶋さんからじゃないかな。ああ、今日もずらりと桐嶋さんからの着信が並んでる」

真野はスマートフォンの着信履歴を確認して、ため息をついた。

「仕事のメールにも目を通してるんですよね？」

「最初の頃は定型のお悔やみメールだったんだけど、しばらくして体調を気づかう内容にかわって、先週あたりから、連載再開にむけて、とにかく一度お打ち合わせを、になってきたね。僕が東山になりすまして、落ち着くまでもう少し待ってくださいって返信しておいたけど、代原でひっぱるにも限界があるし、桐嶋さんには本当に迷惑をかけて申し訳ない」

予定の原稿が間に合わなかった場合に備えて、代わりに掲載する新人の原稿が常に何本かストックされているのだという。

「そんなに熱心に連絡してくるなんて、編集者さんも、東山さんがラストまで描きあげてくれることを期待してるんですね」

「どうなのかなぁ。このままずるずる休載でひっぱるのはよくないし、終了するなら終了するで、読者に対して何らかの告知をしましょうっていう方向にかたむいてるかもしれない。なんとか東山が描けるようになるまで待ってほしい、って、僕が桐嶋さんに直談判したいのはやまやまだけど、幽霊ですが真野本人ですって連絡しても信じてくれるかどうか……」

「うーん、どうでしょう……」

桐嶋という編集者の人柄にもよるだろうが、メールでも電話でも、悪質ないたずらだと思うのが普通ではないだろうか。

「『海賊サムライ』って、真野さんとしては、あとどのくらいでラストまでたどりつく予定だったんですか？　十五巻の巻末には、いよいよ最後の決戦がはじまる、って書いてありましたけど、少年漫画って、最後の戦いに突入してからが長いですよね？」

「ラストバトルと後日談も入れて、ざっくり全二十巻くらいかなって僕は予想してたんだけど、こればかりは描いてみないとなんとも。実際に描いてみると、思ったより長くなったり短くなったりっていうこともあるだろうし」

「構想のメモは残ってないんですか？」

「書いたものはないけど、アルマダの海戦でイングランドがスペインに勝利をおさめたっていう厳然たる史実があるから、そこは動かしようがないよね」

「有名なドレイクの焼き討ち作戦ですね」

「うん。燃えさかる船でスペイン艦隊につっこむ虎之助。甲板上で待ち受ける四郎丸。だがそこにカタリーナ姫が……」

「えっ⁉」

「姫は男装し、髪を切って、スペイン艦隊にもぐりこんでいたんだ」

「そんな無茶な……！」

「無茶する性格なんだよ」

真野の声に笑いがまじる。

「それで、虎之助と姫はどうなるんですか⁉」

「内緒」

「え〜〜」

里帆の情けない表情がよほどおかしかったのか、とうとう真野は、あっはっは、と、大声で笑いはじめた。

ふと気がつくと、いつのまにか真野がくだけた口調になっていて、里帆は胸の奥で体温が0・5度ほどあがったのを感じる。

「なーんてね。そんな話はこれまで二人で原稿の仕上げをしながら何十回、何百回も語り尽くしたから、東山もよくわかってるよ。黙々と手を動かしてると、睡魔に負けちゃうから、眠気覚ましも兼ねて一晩中べらべら話をするんだ。仕事のこと以外にも、いろんな話をしたよ」

「じゃあ、東山さんにも、『海賊サムライ』のおおまかな構想は共有されてるんですね?」

「うん。だから、東山がその気になれば、きっと完結させられるはずなんだ。でも、あいつの今の様子では、ペンを握るどころか、身体を壊して倒れそうで心配だよ。もともと不摂生のかたまりみたいなやつだったけど、僕がいなくなった途端にこれだ」

真野は荒れ果てた室内を見渡し、しみじみとため息をつく。

酒、煙草、かたよった食事。

東山は顔色もひどく悪いし、いつ倒れてもおかしくない。

「あたし、もう一度、東山さんに会ってみます。真野さんが事故にあったのは東山さんのせいじゃないから、責任を感じる必要はない。だから『海賊サムライ』を完結させてほしい、って説得してみます」

「ありがとう」

真野は、やつれきって、しかも額にたんこぶまでつくった顔に、かすかなほほえみをうかべた。

「僕にはたいしたお礼もできないのに、貴重な休館日をつかわせてしまって申し訳ない。

そうだ、今度こそご馳走させてください。吉祥寺じゃなくて、新宿《しんじゅく》でも六本木《ろっぽんぎ》でも銀座《ぎんざ》でも。と言っても今日は両手がこんなことになっているので、明日以降でお願いしたいところですが」

「そんなの気にしないでください。あたしはただ、東山さんに録音を聞かせただけで、たいしたことをしたわけでは……」

そこまで言って、ふと、壁際の本棚が里帆の目に入った。

「あっ、でも、もしも可能なら……」

「何なりとどうぞ」

「本棚の写真をとらせてもらっていいですか？　図書館で、遠野ハルカ先生の蔵書再現とかできたら面白いと思って」

「そんなのお安いご用ですよ。うちには二人で共用しているそこの本棚と、それぞれの部屋にある本棚のあわせて三種類あるんですが、どれがいいですか？」

「あ、じゃあ、共用本棚と、真野さんの本棚をお願いします」

さすがに東山の本棚を本人の許可なく撮影するわけにはいかない。

「では、まずは共用本棚から」

さきほど里帆の目に入ったリビング壁際の本棚を真野は指し示した。

上の方には『海賊サムライ』のコミックスがずらりと並び、真ん中から下段にかけては戦国時代の刀剣、鎧《よろい》兜《かぶと》からヨーロッパの風景、艦船、服飾、食事など幅広いジャンルの図鑑が占める。

ちなみに隣の棚は、DVDやブルーレイなどの映像資料だ。

「このリビングが、僕たちの仕事部屋なので、二人で使う『海賊サムライ』の作画資料はここに置いてあります。いつもは東山がこの大きなテーブルいっぱいに、原稿用紙と資料を広げてるんですよ」

今はカップ麺の容器置き場になっているテーブルが、本来は作業用だったようだ。

「〆切前には、僕もここで東山と一緒に仕上げをしました」

「アシスタントさんたちもこの部屋によぶんですか?」

「東山が嫌がるので、アシスタントはリモート作業で頼んでいます。東山は紙にペンで描く昔ながらのスタイルが好きなので、人物のペン入れが終わったら僕がスキャナーでとりこんで、送られてきた背景データや効果データと合成するんですよ。技術の進歩のおかげで、かえってややこしくなった面もありますね」

僕たちが学生の頃は、原稿用紙にスクリーントーンっていう柄の入ったフィルムを貼ったり削ったりしてたんですけど、この十年で作画方法もずいぶんかわりました、と、真野はなつかしそうに言う。

遠野ハルカから直接、作画の話を聞けるなんて、なんという贅沢だろう。

筋金入りの大大大ファンである館長が聞いたら、きっと卒倒するにちがいない。

里帆は高揚感でふわふわしながらも、せっせとスマートフォンで本棚を撮影した。

「それから、僕の本棚もでしたね。こちらへどうぞ」

真野は右手のドアへむかった。

五

オフィス用のデスクとチェア、ベッド、クローゼット、壁一面の本棚。

真野の部屋は、ぱんぱんに詰め込まれた本棚をのぞけば、まるでモデルルームのように整然としていた。

すさんだ生活感があふれているリビングとは対照的だ。

「きれいに片付いてるんですね」

「まえは本棚にはいりきらない本を床に積んでいたんですけど、ちょっとずつ古本屋に持って行ってます。服や雑貨はリサイクルショップに」

「終活……でしたっけ」

「とある終活サイトによると、まずエンディングノートから始めるものらしいんですけど、いかんせん文字が書けなくて。こんなことなら左手でも字を書けるよう練習しておけばよかった」

「怪我がなおったらぜひ。でもエンディングノートの前に、まずはネームを書いていただきたいところですが」

里帆は真野の本棚も撮影した。

まずは全体像。それから、背表紙の小さな文字も読めるよう、アップの写真もとる。

一番多いのは漫画だ。

多くが少年漫画だが、ジャンルは冒険漫画の他に、スポーツやSF、ファンタジーなど幅広い。

それから、真野が大好きな海洋冒険小説ももちろんある。

エリザベス一世や無敵艦隊に関する学術書は『海賊サムライ』の資料だろう。沈没船などを扱う水中考古学というマニアックなジャンルの書籍も何冊かある。

「真野さんは自分の部屋でも仕事を?」

「そうですね。ネームをきる時は、だいたい自分の部屋にこもってました。集中力が必要なので。漫画の構図って、実は精密な計算が必要なんですよ。どのアングルで描くと格好いいか、迫力がでるか、左右のコマの大きさやバランス、ふきだしの大きさや形、ページをめくった時の視覚効果、しかも毎回きっちり決まったページ数に押し込まないといけない」

「ネームって、ストーリーと台詞を考えるだけじゃないんですね……」

漫画を読む時に、電子書籍だと左右見開きのコマが切れてしまうから紙のコミックスじゃないと、と、思うことはあったが、そこまで考えられているとは夢にも思わなかった。

「こんな面倒な仕事を好きこのんでやってるなんて、我ながらどうかしてるって、よく思ってました。でも東山が、ちょいちょい、僕の予想のななめ上をいくすごい画面にしてくれるから、やられたって思いつつも楽しくて」

真野が毎日、悪戦苦闘しながらネームを切ったデスクの上には、今、里帆が渡した古いホーンブロワーのペーパーバックと、新品の英和辞典が置かれている。

前から五分の一ほどのところにしおりがはさまれているところを見ると、ちゃんと読んでいるようだ。

「……なんだか不思議な感じです」

「何がですか？」

スマートフォンを本棚にむけたまま、里帆は尋ねた。

「実はこの部屋に東山以外の人が入るのって、引っ越し以来、初めてなんです。打ち合わせで編集者さんが来ても、リビングだったし。まさか今さら、東山以外の人が、しかも女性がこの部屋に足をふみいれることがあるなんて……」

「そう、なんですか？」

里帆の心臓がドキリとはねる。

よく考えたら、今、自分は真野と二人きりだ。

いや、一応は、東山もいることになるのか……？

「念願の週刊連載が決まって、このマンションに引っ越すことにした時、東山と、お互い、もし彼女ができても絶対にここには連れて来ないこと、っていう取り決めをしたんですよ。もっとも、いざ連載がスタートしたら目がまわるような忙しさで、恋愛どころじゃなかったけど」

「今は暇だって、言ってましたよね？」

「僕は終活中だし、生きている人とはあまり関わらないようにしてるんです……。岩手の家族にも、友人にも連絡をとっていません。幽霊から連絡がきても、みんな気味が悪かったり、悲しかったりするだろうなって」

誰にも存在を気づかれることなく、毎日淡々と身の周りを整理していく。

それはこの三十一歳の青年には、おそろしく寂しい暮らしに違いない。

「でもあの夜、鈴村さんがブックカフェで僕と同じ本を読んでいたので、つい、驚きが声にでてしまいました。鈴村さんは、もしかして、幽霊なんかと関わってしまったことを後悔してますか?」

「いいえ、全然。それどころか、あたし、亡くなった父の幽霊とも、話せるものなら、話してみたいなぁ、って思ってるくらいです」

「え?」

「ホーンブロワーのペーパーバックはどこで買ったのか、とか、ホーンブロワーとボライソーのどっちが好きか、とか、いろいろ気になっていて」

里帆の言葉に、真野はふきだした。

「きっと鈴村さんのそういうところですね。幽霊の心の垣根をあっさりととびこえてくる。ある種、才能かも……」

「才能だなんて、誉めすぎですよ。あたしはただ霊感がないだけで」

里帆がくるんと身をひるがえして振り返った瞬間。

目の前にあったのは、真野の唇だった。

「！」

里帆は驚き、息をのむ。

真野はちゃんと里帆から五、六十センチはなれたところに立っていたのだが、いきなり里帆が大きくふりかえったので、思わぬ接近遭遇となってしまったようだ。

真野も里帆が急にふりむくとは思っていなかったようで、フリーズしている。

お互いの息がかかる距離に、里帆の心臓はもう破裂寸前だ。

「……す、すみません」

里帆はなんとか声をしぼりだした。

自分の顔が首まで赤くなるのを感じ、どぎまぎする。

「……こちらこそ」

真野はあわてて目をそらし、ななめ後ろにさがった。

「すみません、僕、最近、事故が多くて……」

「いえ、急にふりかえったのはあたしなので、気にしないでください」

里帆はぎこちない笑みをうかべると、精一杯さりげなさを装って、入り口にむかった。

あぶなかった。

あやうくあの唇にすいよせられるところだった。

煙草の臭いが、これは東山の唇なのだ、と、思いださせてくれなかったら、どうなっていたことか。

真野は今、終活中で、生きている人間とは関わらないようにしていると聞いたばかりなのに。

落ち着け、落ち着け、落ち着け、あたし。

里帆は心の中で唱える。

目下、自分の最大のミッションは、東山一生にペンを握らせることだ。

よし。

「本棚の写真、ありがとうございました。今日はもう東山さんに会えそうにないので、これで失礼します。明後日また来ますね。遅番なので。火傷は念のため病院で診てもらってください」

里帆は玄関で一気に言うと、真野に頭をさげた。

「こちらこそ、いろいろありがとう」

真野の甘くやわらかな声につつまれると、ずっと聞いていたくなるが、今日はだめだ。

何かしでかさないうちに、撤退すべし。

里帆は自分を叱咤《しった》して、マンションを後にした。

第五章　うごきだした砂時計

一

金曜日の午前九時。

仕事が遅番なのを利用して、里帆は再び、吉祥寺東町にある東山と真野のマンションを訪れた。

四〇五号室のドアの前で、深呼吸をする。

今度こそ東山を説得する……のは無理かもしれないが、かたくなな態度の理由を探ることができればと思う。

インターフォンを押すと、予想に反して、すぐに玄関のドアがあいた。

「またおまえか」

東山は心の底からうんざりしたような表情をうかべる。

前回は里帆もかなり緊張していたので、東山を観察する余裕がなかったのだが、真野が憑依している時はこんな表情をしないので、なんだか新鮮だ。

今日も東山は煙草臭いし、酒臭い。

だが、おとといつくった額のはれはだいぶひいていて、里帆はほっとした。

「鈴村里帆です。先日のおわびに差し入れを持ってきました」

里帆はさっと右手のビニール袋を東山の鼻先にさしだした。

「む、この匂いは」

「チキンナゲットを買ってきました。ソースはバーベキューです」

「ふーん」

東山は里帆の顔とビニール袋を交互に見比べていたのだが、大好物の匂いに負けたのだろう。

左手をさしだし、里帆の差し入れを受け取った。

もう傷パッドは貼ってない。

血がにじんでいたところはかさぶたになり、そのまわりは青あざになっていたが、たいしたことはなさそうでほっとする。

「右手の火傷はどうですか？」

「もしかして、あんたが手当してくれたのか？」

「東山さん、突然倒れてしまったので……」

「悪かったな」

気まずそうにぼそぼそ言う。

「たいしたことはしてませんから。それから、このドアノブにかかっている紙袋……タカノだから、フルーツゼリーかな？」

里帆はドアノブにかかっている紙袋を東山に見せた。

「またストーカーか」

「えっ、ストーカー⁉」

「桐嶋っていうやつが、毎日ドアノブにかけていくんだ。薄気味悪いったらないぜ。あんた、ゼリー好きなら持って帰っていいぞ」

編集者が毎日差し入れを持ってくる、と真野が話していたことを里帆は思い出した。

ストーカーだと勘違いされていたなんて、気の毒に。

「桐嶋さんって、少年ギャングの編集者さんですよね」

「は？」

東山は眉間《みけん》にしわをよせる。

「真野さんから名前を聞いたことがあります」

「まじか……」

「袋の中にメッセージカード入ってますよ」

はい、と、里帆は紙袋を東山にさしだした。

東山はしぶしぶ紙袋を受け取ると、メッセージカードをあける。

「東山さん　至急ご連絡ください　高諷社　少年ギャング編集部　桐嶋唯衣。なんだ、ストーカーじゃなかったのか。まぎらわしいことしやがって」

「桐嶋さんって女性だったんですね」

「らしいな」

「会ったことないんですか？」

「あるかもしれないが、覚えてない。打ち合わせはいつも真野にまかせてたし」

「……連絡した方がいいんじゃないでしょうか」

きっと今日も、桐嶋からの着信履歴がずらりと並んでいるに違いない。

東山がスマートフォンの電源を入れることすらしないとも知らず……。

「どうせ原稿の催促だろ。描けないのに会ったって、お互い時間の無駄だ」

「描く気がないなら、その旨ちゃんと伝えておかないと、ずっと連載再開を期待されてしまうかもしれませんよ」

フン、と、東山は鼻をならした。

「ほっときゃ、そのうちあきらめるって」

「あきらめませんよっ！」

里帆の背後から突然、かん高い声がひびいた。

ふりかえると、非常階段の前で、般若《はんにゃ》のような形相の若い女性が仁王立《におうだ》ちしている。

「あの、もしかして、あなたが……？」

「少年ギャング編集部の桐嶋です。やっと会えましたね、東山さんっ。朝からここで張り込んでいた甲斐《かい》がありました」

桐嶋はヒールの靴音もかろやかに廊下をダッシュしてきて、ニヤリと笑った。

里帆はエレベーターで四階まであがってきたので気がつかなかったのだが、ずっと非常階段にひそんで、東山がでてくるのを待っていたのだろうか。

東山がストーカーよばわりしていたが、あたらずとも遠からずなのかもしれない。

「東山さん、今日こそお話をっ」

桐嶋は長い前髪をささっとととのえた。

年齢は二十六、七。

スーツもバッグも靴も高そうなブランドものでかためた、お洒落《しゃれ》女子だ。

くるんと上をむいた長いまつげに、美しくととのえられた眉。

だが目の下にはコンシーラーでもかくしきれないクマができている。

「…………」

東山は無言でドアを閉めようとしたが、桐嶋がガッと両手でドアノブをつかみ、閉めさせない。

どうしよう、とんだ修羅場にはちあわせてしまった。

今日はタイミングが悪すぎるし、出直した方がよさそうだ。

里帆はそろそろと後じさり、その場から退散しようとした。

「ちょっとそこの人！」

「えっ」

「『海賊サムライ』の続きを読みたいのなら手伝って！」

「は、はい」

勢いにつられて、里帆も両手をドアにかけた。

これって、大きなかぶをぬく話……いや、天の岩戸をあけるくだり……？

東山は見るからにペンより重いものを持てない細腕で、しかもかれこれ三週間にわたって酒びたりの不摂生を続けている。

これに対して、里帆は毎日、ペンよりはるかに重い本を扱う仕事をしているのだ。

職種は違えど、桐嶋も出版業界で働く女。

一分とたたないうちに決着はついた。


桐嶋は荒れ果てたリビングの惨状を目の当たりにして、眉間にしわをきざんだ。

おそらく真野が生きていた頃は、きちんと片付いていたのだろう。

里帆も逃げだすタイミングを失してしまったため、桐嶋の後についてリビングへ足を踏み入れた。

印象としては一昨日とあまりかわっていない。

「東山さん、親友でもあった真野さんが亡くなって、すごくおつらいのはわかります。ですが、親が死んでも葬式にでられないのが漫画家の宿命です。それを東山さんは、もう三週間もさぼってますよね」

桐嶋は机の上のカップ麺容器を片付けながら、やわらかな口調で、おそろしく厳しい言葉をはなった。

「真野がいないと描けないんだから仕方ないだろ。おれ、ネームきれないし」

東山は椅子に腰をおろし、ふてくされたように窓の外を見ている。

「その点はご安心ください。ヤングギャングで原作を担当している作家さんに、編集長が交渉中です」

「原作をつけるんですか⁉」

里帆は驚いてききかえした。

これは真野と東山も想定外だったのではないだろうか。

「そういえば、あなたは東山さんのお友だちですか？　まさか彼女？」

「いえ、あたしは真野さんの、友だちです」

「ああ、真野さんの」

「それで、『海賊サムライ』の原作を担当する作家さんを頼むという件は、もう決定事項なんですか？」

「そうですね、編集長のあの調子だと、ほぼ本決まりかな？　東山さんにはこれまで通り作画に専念していただける環境をととのえます。私も精一杯サポートしますので、一緒に頑張りましょう」

「……無理だ。おれにはもう『海賊サムライ』は描けない」

「これをご覧ください」

桐嶋は大きくふくらんだ少年ギャングのロゴ入り封筒をバッグからとりだして、テーブルの上に置いた。

「『海賊サムライ』の連載再開を望む全国の読者から、遠野ハルカ先生あての激励のお手紙です。毎日続々と届いています。編集部の電話もなりっぱなしです。メールは国内だけでなく、海外のファンからもよせられています。東山さんは読者を裏切るつもりですか」

「裏切るなんて、そんなひどい言い方しないでも……」

「遠野ハルカには立ち直る義務があります。少なくとも、立ち直るための努力はしてください」

桐嶋の叱咤激励は東山の耳に届いているのだろうか。

あいかわらず無言でそっぽをむいている。

「原作を担当してくれる方が決まったら、また来ます」

今日はこれ以上話しても無駄だと思ったのだろう。

桐嶋は再びため息をつくと、四〇五号室をあとにした。

二

里帆は三秒ほど迷ったあと、桐嶋の後を追った。

一緒にエレベーターにのりこむ。

「よかったぁ」

扉が閉まるか、閉まらないかのうちに、いきなり桐嶋は脱力して、銀色の壁によりかかった。

「ここのところメールにも電話にも反応がないので、東山さん、倒れてるんじゃないかって、みんなで心配してたんですよ。十日くらい前に、落ち着くまで待ってほしいっていう返信がきたっきり、なしのつぶてで」

桐嶋は当然気づいていないだろうが、それは真野のなりすましメールだ。

「それで桐嶋さんは毎日、東山さんに差し入れを持って来てるんですか?」

「はい。でもドアノブにかけた差し入れは、他の人が勝手に持って行っちゃうこともあるから、必ず電気メーターがまわってるかどうか確認しろって先輩が。今日はこの目で生存を確認できてほっとしました」

額の汗をぬぐうしぐさをする。

どうやら最悪の事態も想定していたらしい。

「お葬式の日の東山さん、ひどかったんですよ。真っ青な顔で斎場《さいじょう》までは来たんですけど、受付の前で倒れちゃって、結局、お焼香《しょうこう》もできなかったんです」

「そうだったんですか……」

なんとなく想像がつく。

「だから今日、廊下に東山さんが顔をだした時は、本当にほっとしたけど、びっくりもしました。私がいくらインターホンを押しても、顔をださないどころか返事をしてくれたこともないんですよ。だからてっきり、東山さんに彼女がいたのか!ってぬか喜びしてしまったんですけど、違ったんですね」

なまじっか桐嶋が毎日熱心に訪ねてきたのが裏目にでて、怖いストーカー女だという誤解を東山にあたえてしまったのだろう。

「ちなみに真野さんとは漫画関係のお友だちですか?」

「いえ、あたしはこの近くにある図書館で働いていて……」

「あっ、もしかして、井の頭図書館の司書さん!?」

桐嶋はいきなり身体をおこして、里帆の顔をのぞきこんできた。

「はい。でも、なぜ……？」

「真野さんから聞いたんですよ。すごくきれいな長い黒髪の司書さんがいるんだって」

「えっ」

里帆の心臓がドキリと跳ねる。

たしかに今、井の頭図書館にいる司書で髪を長くのばしているのは里帆だけだ。

真野は図書館で自分を何度か見かけたとは言っていたけど、そんなふうに思っていたのか。

知らなかった。

照れくさい、けど、嬉しい。

「そうか、真野さん、なかなか声をかけられないってぼやいてたけど、その後、おつきあいにまで進展してたんですね」

奥手だとばかり思っていたのに、やられたわ、と、桐嶋はしきりに感心している。

「そうだ、今さらですけど、このたびは……」

「いえ、ただの友人ですから」

お悔やみを言われかけて、里帆は慌てて否定した。

「本当に？　二人でご飯に行ったりしたことは？」

「ブックカフェなら何度か」

「はあ？　あれほどデートならイタリアンかフレンチが鉄板だって教えたのに、ブックカフェって。でもまあ、相手が司書さんならありなのかな……？」

桐嶋は首をひねりながらブツブツ言っている。

真野がやたらとイタリアンやフレンチに里帆を誘いたがるのは、もしかして桐嶋の教えを守っているせいだろうか。

そう考えると、つい里帆の口もとがゆるむ。

エレベーターが一階に着き、扉が開くと、桐嶋は駅にむかってスタスタ歩きはじめた。

里帆も急ぎ足で、並んで歩く。

「あの、それで、東山さんなんですけど、もうしばらく、立ち直るまで待ってあげられませんか？」

「待てない事情があるんです。来年の一月から『海賊サムライ』のアニメ放映がスタートすることになっていて、弊社も出資してるんです。万一、パッケージ、つまりＤＶＤやブルーレイの売り上げがふるわなくても、半年間の放映期間中に新刊を一冊だせれば採算がとれる、二冊だせれば大儲け、という見通しだったので」

「だから、原作を別の人に頼んででも、再開しようとしているんですか」

「はい。『海賊サムライ』の連載再開には高諷社の社運がかかっているといっても決して過言ではありません」

「そう、なんですか」

地方公務員である里帆には正直ピンとこない話だが、大変なんだな、ということだけはわかった。

「正直、私も個人的には、東山さんにはあんまり厳しいこと言いたくないんですけど、状況が状況なので。どうしても東山さんが描けないようなら、最悪の場合、作画も他の漫画家さんに引き継いでもらえなんて編集長が言いだしかねません」

「そんな……原作も作画も他の人に交替したら、それってもう、遠野ハルカじゃないですよね⁉」

「わかってますよ、そんなこと」

桐嶋は強い口調で言った後、立ち止まって、今日何度目かのため息をついた。

「わかってます。私だって、去年の九月から一年間、『海賊サムライ』の連載を担当してきたんですから。私、その前はファッション雑誌の編集部にいたんです。いきなり少年漫画に異動になって、わからないことばかりだったけど、それでも『海賊サムライ』が真野さんと東山さんの二人だからこそ創りだすことができた奇跡の作品だってことくらいは感じたし、不慣れなりにも精一杯、二人のサポートをしてきたつもりです。だからこそ、心を鬼にして、東山さんに描かせようとしてるんじゃないですか」

桐嶋はいっきに吐きだした後、はっとした表情になる。

「すみません、真野さんを亡くしてつらいのは、私よりも司書さんの方なのに」

「あ、いえ、そんな……。あたしは真野さんと知り合ってまだ日が浅いので……」

すっかり恋人認定されているらしい。

本当に、ただ、食事に行っただけで、手を握ったこともないのだが。

いやいや、そんな話をするために、桐嶋を追いかけてきたわけではない。

「でも、真野さんも、東山さんに、『海賊サムライ』を再開してほしいって思ってます」

「え？」

桐嶋はとまどいの表情を里帆にむける。

「だから、真野さんなら、きっとそう思うかなって」

里帆はあわてて言葉をにごした。

「ああ、そうですよね、このまま終了っていうのは、きっと天国の真野さんも望んでませんよね」

「そうなんですよ。それで、あの……まえ、真野さんから、東山ならひとりでも『海賊サムライ』を完結させられるって聞いたことがあるんですけど」

「いや、それは難しいって、私は前任の編集者から聞いてますよ。まあ、それ以前に、東山さんがもう一度ペンを持つ気にならないことには、どうにもなりませんけどね」

「そう、ですね」

たしかに、まずは東山が描く気になってくれないことには、どうにもならない。

「なんとか東山さんを説得できるといいんですけど……」

「東山さんとも何度か話したことあるんですか？」

「いえ、今日で二回目です。今日すぐに追い返されなかったのは、チキンナゲットのおかげですね。特にバーベキューソースが東山さんの大好物なので」

「えっ、そうなんですか。真野さんが甘党だったから、いつも甘い物を差し入れに持って行ってたんですけど、こってり系だったんですね。教えてくれてありがとうございます。あたしも次はチキンナゲットを持って行きます」

そうか、真野は実は甘党だったのか。

里帆は早速、心にメモした。

「そうだ、桐嶋さん」

「はい？」

「あの……もしかして、真野さんの写真ってお持ちじゃないですか？」

里帆は勇気を総動員して桐嶋に尋ねた。

恥ずかしさのあまり、思わず頬がかっと赤くなるのを感じる。

女子高生じゃあるまいし、何をきいてるんだよって自分につっこみを入れずにはいられないが、でも、ひょっとしたらこれが桐嶋に会える最初で最後の機会かもしれないし。

「うーん、ないですね。顔出ししている漫画家さんなら、インタビューの時に写真をとることもあるんですけど、遠野ハルカは顔出しNGだから、全然ないんですよ。真野さんの訃報をうけて、マスコミからもずいぶん問い合わせがあったんですけど」

「そうですか」

「えっ、もしかして亡き恋人の遺影が一枚もないんですか？」

「だから友人です」

「ふーん。まあそれこそ真野さんの写真を持っているとしたら、東山さんじゃないですかね。子供の頃からの親友だっていうし」

「はい……」

それは知っているのだが、はたしてあの東山が、アルバムなど持っているだろうか。

「いろいろ話をききたいところですが、こっちも今、余裕がないので、またあらためて。

でも、もし東山さんに何かあったら、即連絡してくださいね」

桐嶋は名刺を里帆にさしだすと、ヒールの音も高らかに、ＪＲ吉祥寺駅の改札にかけこんで行った。

三

カレンダーが十月になると、吉祥寺は、駅ビルも、百貨店も、商店街も、みなオレンジのカボチャづくしになる。万聖節前夜祭《ハロウイン》だ。

ごたぶんにもれず、カボチャのランタンをかかげた商店街の二階にある北欧料理店で、真野と里帆はトナカイのステーキに挑戦することにした。

せっかくだし、ちょっと珍しいお料理を食べてみたい、と、里帆が真野にリクエストしたのだ。

桐嶋が「デートならフレンチかイタリアンが鉄板だ」と言っていたので、少しずらしてみたというのもある。

もっとも、行ってみたら、土曜の夜の吉祥寺ということもあり、店内をうめる客のうち半分以上はカップルだったが。

「すみません、スーツとは言わないまでも、もう少しちゃんとした格好で来ればよかった」

真野は今日も白いニットのカットソーにカーキ色のチノパンというカジュアルな服装だ。東山の好みなのだろう。

「いえ、あたしも仕事着のままなのでお互い様です」

これはちょっぴり嘘だ。

里帆が仕事帰りなのは本当だが、七分袖のブラウスとワイドパンツといういつもの仕事着の上に、レースのロングカーディガンをはおって、少しおしゃれ感をたしている。

「そうかな？　髪をおろしているせいか、いつもよりはなやかに見えるんだけど。あっ、いつもが地味っていう意味じゃなくて」

「ふふ、ありがとうございます。今日は涼しかったので」

ふだんは髪を首の後ろでくくっているのだが、真野が髪をほめていたと聞いたので、今日はおろしてみたのだ。

「でも昨日は、あまり東山さんと話せなくて残念でした」

里帆はスモークサーモンのマリネを口にはこびながら言う。

「僕も東山の背後霊として見ていたんだけど、まさか桐嶋さんとはち合わせるとは思っていなかったなぁ」

「はち合わせというか、待ち伏せというか……。朝からずっと、あのマンションの非常階段ではりこんでいたなんて、すごすぎます」

「あきらめませんよって叫びながら走ってきた時には、東山も相当びびってたよね」

真野は愉快そうに声をあげて笑った。

東山の身体なので、どことなく表情や動作にぎこちないところがあるが、甘い声だけは別だ。

真野が言葉にしない、さまざまな感情が声にのって里帆に届く。

今日の真野は、とても嬉しそうだ。

「桐嶋さんって、ずいぶんテンション高めというか、熱血タイプの編集者さんなんですね」

「いや、本来の桐嶋さんはああじゃないんだ。どういう事情でファッション誌の編集部から異動してきたのかは聞いてないけど、そんなに少年漫画に思い入れもないし、さらっとした人だよ。たぶん今は、ふってわいた緊急事態で、いっぱいいっぱいなんだと思う」

「そうでしたか。親の葬式にもでられないのが漫画家だ、なんて、ずいぶん強烈なことを言う人だなってびっくりしたんですけど」

「昔は実際そうだったらしいよ」

「ええっ」

「もっとも僕の知ってる漫画家は、親の葬式の方を一週間のばしてもらってたけど」

「そんな荒技が……」

里帆はあっけにとられたが、そういえば自分も父の葬儀で急に帰省しないといけなくなった時、シフトに一週間穴をあけることになり心苦しかったのを思い出した。

あの時、葬儀が一週間先だったら、たしかにシフトの組み直しはもっとスムーズだったかもしれない。

でもその一方で、親を亡くした翌日に出勤しても、きっと同僚たちからは腫《は》れ物扱いされるだろうし、自分もまあまあ落ち込んでいたので、ちゃんと働けたかどうか自信はない。

「でも身内の忌引きでもらえる休暇って、どこの職場でもたいてい十日間が限度らしいから、たしかに東山が三週間も仕事を休んでるのは、長いといえば長いんだよね。桐嶋さんがいいかげんにしろって言いたくなる気持ちも、わからないでもないよ」

そんなに悲しんでくれないでもいいのになぁ、と、真野の声に苦笑がまじる。

「あの後、あたし、桐嶋さんを追いかけて、東山さんが落ち着くまで待てないのかってきいたんです。でも、アニメとの兼ね合いがあって、時間の余裕がない、って桐嶋さんに言われました。社運がかかってるって」

「そういうことか」

ナイフとフォークをにぎる真野の手が止まった。

「桐嶋さんと別れた後、ネットを検索してみたんですけど、来年一月に『海賊サムライ』アニメ放映開始って、もう公表されてるんですね」

未公表の情報を初対面の里帆に教えてくれるはずなどないので、あたり前といえばあたり前だが。

「そうだった。僕たちはいつも通り連載原稿に専念していればいいって言われていたから、気にしてなかったんだけど、たしかにこのタイミングでの休載はまずかったな。あの編集長なら、原作どころか、作画だって代役をたてかねない」

「それ、桐嶋さんも心配してました」

「その場合は、遠野ハルカ原案、っていうことになるのかな。もちろん東山が断固拒否すればすむことなんだけど、今の自暴自棄な東山だと、自分が描かないですむならなんでもいい、好きにしろ、なんて言いそうで心配だな……」

「そんな……。やっぱりミミズ文字でいいので真野さんがネームを描いてください」

「ミミズ文字にミミズ絵はどうかなぁ。僕も東山もまああアナログ人間だから、最後の仕上げ作業以外は全部紙に描いてたし。ネームでも作画ソフトを使っていれば、東山の右手でも何とかなったかもしれないけど、もう後の祭りだね」

十年前に遠野ハルカがデビューした頃は、まだネームは紙に描いて編集者に見せるのが主流だったのだが、最近ではネームから仕上げまで、一切紙を使わずすべてデジタルで描くという漫画家もふえているのだという。

「そうだ、手がだめなら、口述筆記を録音するってどうでしょう？　あたしが東山さんに聞かせますよ」

「録音かぁ。ええと、一コマめ。縦十センチ、横八センチ、海上にいるゴールデンハインド号の外観。時間帯は深夜。天候は暴風雨。このコマは枠線なしで。二コマめは縦十センチ、横七センチ、艦尾甲板《コーターデッキ》にいる虎之助の左ななめむきロングショット。厳しい表情。背景はマストやヤード、横静索《シュラウド》など。暴風雨だし、帆はすべてたたんでいることにしようかな。背景も虎之助もびしょ濡れ。右上にふきだしがあって、台詞は、西風にかわった。三コマ目は……って、感じで？　一話ぶん口述するだけで膨大な時間がかかるわりに、たぶん東山には全然伝わらないと思う」

「すみません、あたしも聞いていて、気が遠くなりそうでした」

「僕も途中で自分が今何コマ目の説明をしているのか、わからなくなる予感がしたよ」

明るく笑い飛ばした。

小説の原稿を口述筆記する作家がいる、と、聞いたことがあるが、どうも漫画のネームは無理そうである。

「僕もここ数日、『海賊サムライ』をどういう形で完結させるのがいいのか、ずっと考えていたんだ」

真野は漆黒の瞳を、まっすぐ里帆にむけてくる。

「僕は、東山に、自分で『海賊サムライ』のラストを決めてほしい」

「でももう、真野さんの頭の中では、ラストまでのストーリーが完成してるって……」

「うん。僕は僕なりのエンディングを考えていた。でも、こうなった以上、僕は東山の『海賊サムライ』が読みたい」

「東山さんの『海賊サムライ』？」

「週刊連載で、あの密度の絵を描きながらネームも考えるのは難しいから、二人で分担してたけど、本当は東山も、面白い話が描けるんだよ。僕より独創的で、破天荒な熱い話をね。ただ東山はすごく無器用で、編集者からの修正指示になかなか対応できないんだ」

「桐嶋さんって、けっこう修正の指示が多いんですか？」

「桐嶋さんはそうでもないかな。一発ＯＫの回もけっこうあるよ。でもその前の日高さんが、ものすごくダメだしが厳しかったんだ。日高さんはたくさんのヒット作に関わったベテランの編集者で、効果的なコマ割りや演出のノウハウを心得ている。それを新人の僕たちに教えてくれようとしたんだけど、東山は自分のスタイルをかえることができなくて、何度だしてもネームが通らなかった。相性が悪かったっていうか……」

日高さんがまた、とにかくこまかいんだ、と、真野はため息をつく。

「でも日高さんも、東山の才能は認めてたから、『海賊サムライ』は、東山が作画、僕がネームの分業にしよう、って、提案してくれたんだと思う。お互いの得意分野を生かそうということで。もっとも、実際には、ストーリーを僕がひとりで考えていたわけじゃなくて、東山と一緒に考えた展開やキャラクターを、僕がネームにおとしこんでたけどね。逆に作画も、〆切前は僕もかなり描いたよ」

「分業というか、合作というか。やっぱり二人あわせて遠野ハルカなんですね」

「そうだね。でも僕は、いつかまた東山の漫画を読みたいって、ずっと思ってたんだ。『海賊サムライ』のネームを僕がきったら、僕の希望通りのラストになる。でもそれよりも、僕の予想もつかないラストを東山が描いてくれたらと思うと、ワクワクが止まらないよ。そうなったら、僕の死も、意味のあるものになるしね」

真野の声に、自嘲や自虐の響きはまったく感じられない。

明るくおだやかに凪《な》いだ海のようだ。

生前からの人柄なのだろうか。

それとも、人は死ぬと、静かな境地にたどりつくのだろうか……。

「……とんでもない最終回になるかもしれませんよ？」

里帆は心のざわめきを押し殺して、精一杯、自然な声をしぼりだした。

「それはそれで楽しみだ」

あいかわらず表情はぼんやりとしているが、真野の甘い声が嬉しそうにはずみ、本心からそう思っている、と、つげている。

「真野さんがそう思っても、東山さんはどうでしょうね……」

「うーん、問題はそこだよね」

真野がエア眼鏡のブリッジをおしあげようとした時、隣のテーブルの客がワイングラスを倒した。

素焼きタイルの床に落下すると、カシャーン、と、派手な音が店内に響く。

「お怪我はありませんか？」

ウェイトレスがとんでくる。

「びっくりしましたね……」

視線を戻すと、真野はがっくりとうなだれていた。

あと十センチでテーブルに激突する。

「真野さん!?」

驚いて里帆は身をのりだし、真野の肩に手をのばした。

四

「大丈夫ですか?　真野さん?」

軽く肩をゆさぶってみる。

「ん……」

真野はゆっくりと顔をあげた。

「あれ……なぜ……?」

かすれた声。

眉間にしわをよせ、いぶかしげな表情で、店内をきょろきょろと見回している。

これは、まさか。

「あんたは、たしか……マンションに来た……」

東山だ……！

まだ夜八時前だが、ワイングラスが割れた音で覚醒したらしい。

いったいどうしたらいいんだろう。

「鈴村です。鈴村里帆」

「そうだった。チキンナゲットの人だ。でも、なんでおれ、ここに？」

「えっと……」

もうこの際、すべてを話すべきだろうか？

真野の憑依霊がついているなんて、信じるとも思えないが。

「なんでって、一緒にトナカイのステーキを食べようってことになって、ここで待ち合わせたんですよ？」

トナカイ肉の話なんかしている場合ではないのだが、里帆も焦って、つい、普通に返事をしてしまう。

「トナカイ……？　目の前にあるこれ、食べかけだけど……おれが？」

「そうですよ。もう食べないんですか？」

「いや、食べるけど……」

東山は首をひねりながらも、トナカイの肉をひときれ、口にはこんだ。

やはり本人だと、ナイフとフォークの使い方が自然である。

「意外と、臭みもないし、うまいな……」

東山はトナカイ肉をのみくだすと、グラスの中の透明な液体を飲み干した。

「なんだこれ。甘い。水じゃないのか？」

「白樺の樹液だそうです」

「ふーん……」

東山は十秒ほど沈黙した。

「……最近、ときどき記憶がとぶんだ……自分の部屋のベッドで寝たはずなのに、リビングで目がさめるとか……」

もちろん里帆は原因を知っている。

真野が東山の部屋に戻る前に、東山の意識が覚醒してしまった時だろう。さっきのように。

「お酒の飲み過ぎじゃないですか？」

「これでも最近減らしてるんだけどな。ってかあんた、おれのこと、まえも真野ってよんでなかった？」

「それは、だから、間違えたんです。あたし、真野さんと友だちなので」

「顔も体型も全然ちがうのに間違えるか？」

これまでに会った時とくらべ、東山はずいぶんつっこみが鋭い。

酒を減らしているせいだろうか。

あいかわらず目の下にはくっきりとくまがあるし、顔色も悪いが、目に光がもどっていて、表情がくっきりしている。

真正面から見ると、やはり真野が憑依している時とは顔つきが全然違う。

「友だちだということは、このまえ証明しましたよね？　カタリーナ姫の名前は……」

「やめろ。その話はもういい」

東山は慌てて里帆の話を止めた。

「ただ、真野から、鈴村っていう友達がいるなんて聞いたことなかったんで、なんで隠してたのかって思ったんだ。あんた、真野とどこで知り合ったんだ？」

「ブックカフェです。図書館の近くの」

「……あっ、あんたもしかして、図書館ではたらいてる、きれいな髪の人か！」

「え、まあ、はい、司書をしています」

面と向かって「きれいな髪の人」と言われて、里帆は少しばかり照れた。

「べ、別に『きれいな人』とは言ってないぞ」

なぜか東山の方が赤面して、わざとらしくあさっての方を見ている。

男子中学生ですか、と、里帆は心の中でつっこんだ。

だが、前回のチキンナゲットがきいているのか、これまでほどは無愛想でも、不機嫌でもないようだ。

「待てよ。真野のやつ、なかなか声をかけられないって言ってたけど、いったいいつ友達になったんだ？　鈴村さん、あんた、何か隠してない？」

「本当のことを全部話しても、絶対に信じられないと思いますが……一応、聞いてみたいですか？」

「もったいぶらずに話せ。要点だけでいい」

このへんのぶっきらぼうな口調は、あいかわらずだが。

「東山さんに、真野さんの幽霊が憑依してるんです。時々記憶がとぶのは、真野さんに身体をのっとられているせいです」

意を決して、里帆は真実をつげた。

「はあ？　もうちょっとましな嘘つけないのか？」

「やっぱり信じないじゃないですか」

「だって憑依霊って。じゃ、あんたには真野の憑依霊が見えてるんだな？」

完全に小馬鹿にした口調である。

「見えませんけど、話せます」

半ばヤケクソで里帆は言った。

どうせ頭ごなしに否定されるに決まっている。

ところが、東山の返答は予想外のものだった。

「……へぇ、うらやましいな」

「うらやましい？」

里帆は目をしばたたく。

「いや、何でもない」

東山は黙々とトナカイのステーキを口にはこびはじめた。

この調子だと、今日はもう真野はでてこられないかもしれない。

残念だが、この際、頭を切りかえて、『海賊サムライ』の話をしてみよう。

「あの……昨日、桐嶋さんが、原作を他の人に頼むって言ってましたけど」

里帆は遠慮がちに切りだした。

「おれは描けないのに、無駄なことをするよな」

「真野さんは、『海賊サムライ』のラストは東山さんが自分で決めてほしいって言ってました」

「意味不明」

「東山は、本当はすごく面白い話を描けるんだ、って。あと、何だったかな。すごく独創的で、破天荒な、熱い話って絶賛してました。録音しておけばよかった」

「ますます意味不明。幽霊の声を録音できるなんて聞いたことないぜ」

「この前、東山さんに聞かせた遺言も、幽霊の声です」

里帆はスマートフォンのファイルリストを見せた。

「この日付、つい最近でしょう？　もちろん真野さんはもう亡くなってます」

里帆はもう一度、東山の前で、真野の声を再生する。

誰にも真似できない、真野独特の、甘い、いい声。

東山は凍りついたように動かなくなってしまった。

しまった、つい勢いで再び再生してしまったが、また東山が取り乱して、床を殴りつけたり、気絶したりしたらどうしよう。

「あの、真野さんは、交通事故は東山さんには全然関係ないって言ってましたよ。あたしもそう思います。事故は事故ですから」

急いで里帆は言いそえる。

「あの日、真野は、おれがずっと寝てないから原画展には行かないでもいいって、ひとりででかけた。でも、真野だって、寝不足だったんだ。だから、左折してきた車をよけきれなかったんだ。おれのペン入れが朝までかかったから……」

「真野さんも一緒に徹夜したんですか？」

「あの日も、いつものように、おれのペン入れが終わった原稿を、真野がスキャナーでとりこんで、アシスタントから送られてきた背景データと合成したり、ベタやトーンのデジタル処理をしたり……。最後は二人で確認して、真野が編集部にデータを送った」

そういえば真野は、いつも〆切前は徹夜になるから昼も夜も関係ない、と、言っていた。

あれは東山だけでなく、真野もだったのか。

「寝不足であろうとなかろうと、事故は東山さんのせいじゃありません」

辛抱強く、同じ言葉を繰り返す。

「原画展って、ほとんどおれが描いたカラーイラストの展示だったんだ。真野がネームをきった白黒の漫画原稿は三枚しか展示されなかった。なのに、色を塗った本人が家で寝ていて、真野をひとりでサイン会に行かせたって、変だろう？」

「でもキャラクターデザインはいつも二人で一緒に考えていたんですよね？　真野さんだって、自分も遠野ハルカだからっていう自負があったからこそ、代表して原画展に行くことにしたんじゃないんでしょうか」

ちょっとこじつけだろうか？

本当のところは、東山に倒れられたくなかっただけかもしれないが、真野が単純に東山の代理として行ったとは思えない。

「……病院で、医者に、やれるだけのことはやった、あとは本人の体力次第だって言われたけど、その後で容態が急変したんだ。それもきっと、毎週、徹夜して、体力がおちてたからだ。全部、おれのせいじゃないか」

それはきついな、と、里帆も思った。

徹夜と体力の関係はよくわからないが、無関係とは言い切れない。

そもそも個人差だって大きいだろうし。

「事故のせいですよ」

「だが……」

「東山さんのせいじゃありません」

「…………」

とうとう東山は黙りこんでしまった。

「帰る」

東山は急に立ち上がった。

「デザートがまだですけど」

「あんたにやる」

「えっ」

里帆も慌ててリュックを持ち、東山の後を追った。

東山がさっさと店からでていってしまったので、仕方なく里帆が会計をすませる。

財布をしまいながら階段をかけおりて、商店街にでた時、東山の姿はもう消えていた。

「地元だし、ひとりで帰れないことはないだろうけど……」

今の東山は迷子の小学生のようなものだ。

里帆はあたりを見回しながら吉祥寺駅までむかったが、東山の姿を見つけることはできず、そのまま中央線に乗って西荻窪のマンションに帰宅したのであった。

第六章　眠れる幽霊

一

翌日は日曜日だったので、図書館は朝から大忙しだった。
ようやく少し余裕がでてきた午後四時すぎ。
里帆が事務室で新刊の登録作業をしていると、スマートフォンにメッセージが届いた。
ようやく東山が眠りにつき、真野の活動時間になったようだ。
（ご心配おかけしましたが、帰宅しています）
（実は昨夜のことはあまり記憶がないのですが、会計はどうしましたか？）
（僕の財布を見たところ、払った形跡がないのですが……）
東山さんが会計してくれましたよ、ご心配なく、と、返信しようかとも思ったのだが、そんな嘘をつけば、かえって事態をややこしくするかもしれない。

(あたしがすませておきました)

(お礼にご馳走する約束だったのに申し訳ない……。今夜、会えませんか?)

たぶんお金を払ってくれるつもりなのだろう。

(いいですよ)

いつものブックカフェで待ち合わせませんか、と、里帆がメッセージをうっていたら、送信する前に、真野から返信があった。

(ずっとこのレストランに行ってみたかったんです)

リンクがはられた先は、いかにも高級そうなフレンチレストランだった。

たぶんおわびの意味もあるのだろうが、思わずドレスコードを確認してしまう。

「ドレスコードは無しか。よかった」

今日はでかける予定ではなかったので、本当に地味な仕事着で行くことになってしまうが、せっかくのお誘いだし、ここで断ったら昨夜のことで腹を立てていると誤解されかねない。

なにせ相手は天下の遠野ハルカ先生だ。

遠慮無くご馳走になろうではないか。

（美味しそうですね、行ってみましょう！）

里帆は食いしん坊のスタンプをそえて快諾した。

二

里帆がレストランに着くと、二人だけの食事なのに、真野がわざわざ個室をとっていて驚いた。

大きな窓の外には、ライトアップされた丼の頭公園の夜景がひろがっている。

「個室なら昨夜のようなアクシデントがおこる可能性も低いと思って。トナカイのステーキ、僕は二切れしか食べていなかったのになぁ」

そうぼやきながらも、真野の声は愉快そうだ。

「トナカイは東山さんが全部たいらげました」

「やっぱり」

ため息をついた後、ケラケラ笑いだした。

真野はもともと明るい性格だが、今日は特によく笑う。

「実は最近、東山がちょっとしたきっかけで覚醒するようになって」

「え、そうなんですか？　お酒を減らしているって言ってたから、それが原因かもしれませんね」

「そうかもしれませんが」

真野は漆黒の目をかるく細める。

「それだけじゃなくて、僕の記憶があやふやなんです。まえは東山が覚醒している間、僕はずっと彼が何をしているか眺めることもできた。でも昨夜、東山がどうやってマンションまで帰ったのか、まったく思いだせない。今日の午前中、彼が何をしていたのかも、とぎれとぎれの記憶しかない……」

「真野さんの意識も眠っていた、ということでしょうか？」

「幽霊なのに？」

「眠る幽霊がいてもいいと思うんですけど。ずっと意識が覚醒していたら、疲れちゃいますよね？」

「やっぱり鈴村さんは面白いな」

真野の声はあいかわらず心地よく響く。

「実はあたし、昨夜、知ってることを隠さず話せって東山さんに問い詰められて、真野さんが憑依してることを教えちゃいました」

「えっ⁉」

「信じてくれませんでしたけど」

「そうか」

「でも、あたしは真野さんの幽霊は見えないけど話せるって答えたら、東山さん、あたしのことをうらやましいって言ってました。きっと東山さんも、真野さんと話したいんでしょうね」

「僕も東山と話したいことはいっぱいある。でも東山だけは難しいな……」

真野の声に、寂しそうな響きがまじる。

「もし僕が他の人に憑依したら、東山と話せるようになるのかもしれないけど、どうすれば憑依先を引っ越せるのかわからないし」

「考えたんですけど、ビデオメッセージはどうですか？　東山さんの顔の画像つきだと、話がややこしくなると思って、このまえは声だけの伝言にしたんですけど、この際、真野さんが存在してるって、わかりやすい形で知らせた方がいいような気がしてきました。『海賊サムライ』の連載再開についても、直接、真野さんから話してもらわないとだめそうですし」

「なるほど」

「じゃあ今からお願いします」

里帆は自分のスマートフォンを自録りモードにして、真野に渡した。

「今から？　これからメインのオマール海老だけど」

「忘れないうちに」

昨日の例もある。

ここは個室だが、何がおこるかわからない。

「その赤い丸をタップすれば録画開始です。その画面にうつっている東山さんに話しかけているると思って、どうぞ」

「うん」

真野は戸惑いながらも、スマートフォンの録画ボタンをタップした。

「東山か？　真野だ。鈴村さんから聞いたそうだけど、僕は今、幽霊としてこの世に存在している。それもおまえの憑依霊だ。おまえに頼みがあって、このメッセージを録画している。僕たちの『海賊サムライ』を完結させてほしい。僕はおまえの『海賊サムライ』最終回が読みたい。おまえなら大丈夫だ。……こんな感じでいいかな？」

「はい」

里帆はスマートフォンを受け取り、ちゃんと録画できていることを確認した。

「完璧です。これで東山さんも信じるしかないですよね！」

「そうだね」

録画が終わったのをみはからったように、オマール海老のポワレがはこばれてきた。

きれいに盛りつけられた皿がテーブルの上にのせられ、給仕係が部屋からでていく。

「すごくいい匂い！」

「うん、美味しい」

二人で目を見合わせてうなずく。

「このレストランは以前、桐嶋さんから教えてもらったんだ。すごく美味しいから一度行くといいって。本当だった」

「桐嶋さんは誰と来たんでしょうね」

「吉祥寺には漫画家がいっぱい住んでるから、打ち上げで使ったのかもしれないな」

「なんだ、てっきりデートかと」

そこまで言って、里帆ははっとした。

デート！

今日こそ自分は、真野とデートしてるんじゃ……!?

北欧料理のレストランは、途中でアクシデントが発生したからノーカウントとして、前回のちゃんとしたデートは、二十三の時に別れた彼とのデートだったから……六年ぶり!?

えっ、六年ぶりのデートなの!?

そう思うと、急に緊張してきたかもしれない。

いやいや相手は幽霊だから。

落ち着け、落ち着け、落ち着け、と、三回となえる。

「どうかしましたか？」

「いえ、別に」

里帆がなんとかとりつくろおうとした時。

目の前の真野が、ナイフとフォークを握ったまま、皿にむかってがくりと前傾した。

待って、またなの!?

三

「真野さん、しっかり！　まだオマール海老が残ってますよ！」

「……海老？　何の話だ」

ぶっきらぼうなかすれ声がきこえてくる。

皿につっぷしかけた頭が、ゆっくりと前をむいた。

同じ顔だが、目の光が違う。

目つきは悪くても、ちゃんと生気がやどった瞳だ。

「あー……」

だめだ、おきてしまったか。

「またおまえなのか、トナカイ」

「今日はトナカイじゃありません。オマール海老と鴨です」

「あんた、毎日いいもの食ってるな。うん、うまい」

東山のせいでデートが台無しである。

今日は何の物音もしなかったのに、どうして目をさましちゃうわけ？

いや、そもそもは東山の身体で、真野は間借りしているだけなのだから、文句を言う筋合いでもないのだが。

それにしても、何も狙いすましたように、二人で食事をしている時にばかり目をさますことはないだろうと言ってやりたい。

さっきまでのドキドキソワソワした気持ちが、シューッとしぼんでいく。

「おまえは食べないのか？」

「食べますよ。でもその前に」

里帆は気を取り直して、自分のスマートフォンを東山にむけた。

東山のマンションまで見せに行く手間がはぶけた、と、思っておくことにする。

「これ、ついさっき録画したんですけど」

里帆は再生ボタンをタップした。

東山は自分の顔がうつしだされたのを見て、眉間にしわをよせた。

「おれ？」

（東山か？　真野だ）

画面を見る東山の顔がひきつる。

「おい、この声……！」

「まずは最後まで見てください」

東山の顔がどんどん青ざめ、苦しそうな表情になる。

「何の茶番だ……」

「本物です。憑依霊の真野さんが、さっきまで東山さんの声帯を借りて話していたんです」

「……あんた正気か？」

「服装だって、髪型だって、今日の東山さんでしょう？」

東山はナイフとフォークを皿の上におろし、両手でパシッと自分の頬をたたいた。

「痛い。夢じゃないのか」

立ち上がって、部屋の中をぐるぐる歩きまわりはじめる。

「昨日、真野さんと話せるあたしのことを、うらやましいって言ってましたよね？　だから、東山さんにも真野さんの声が聞こえるように、メッセージを録画しました」

「……トナカイ、いや、オマール」

「鈴村です」

「百万歩ゆずって、真野がおれに憑依してるとしよう。真野は昨日も今日も、おまえと飯食ってたのか？」

「はい。昨日東山さんがトナカイをほとんど食べた上に、お金を払わず帰ってしまったので、今日、仕切り直してたんです」

「む、それは悪かった。だがそれはそれとして、あいつ、ナイフとフォークは使えるんだな？」

「ちょっとぎこちなかったけど、使ってましたね」

「じゃあシャーペンだって握れるだろ。自分でネームきれって言ってやれ」

「真野さんは右ききで、東山さんは左ききだから、文字も絵もかけないそうですよ」

「はあ？」

「嘘だと思うなら、東山さん、右手で虎之助を描いてみてください。あたしの筆記用具を貸しますから」

「ふん、おれがこれまで何万回、虎之助を描いてきたと思ってるんだ」

一分後、へにょへにょの虎之助を前にして、東山はがっくりとうなだれた。

「おれが間違ってた……」

「じゃあ真野さんの頼みをきいてくれるんですね？」

「それとこれとは話が別だ。一ヶ月待つから、判読できるネームを描けるようになれってあいつに伝えてくれ」

「編集長が手配した作家さんの原作は？」

「いらない。おれは真野以外のやつが描いた『海賊サムライ』のネームなんか認めない」

「でも真野さんは……」

「よし、おれも真野に返事の録画をしてやる」

東山は里帆のスマートフォンにむかって話しはじめる。

「おい、真野。ふざけんなよ、おまえ。毎日デートしてる暇があるんなら、手を動かす練習をしろ。原作者なんかくそくらえだ」

東山は言うだけ言うと、里帆にスマートフォンを返し、今日はオマール海老を半分残したまま出て行ってしまった。

「……またこのパターン……」

里帆は深々とため息をつく。

「お連れの方が帰ってしまわれましたが」

給仕係が声をかけてきた。

「急用ができたみたいです。会計は私が二人分払います」

「いえ、サイトでご予約された時に、カード決済されているので、会計はすんでおります」

「そうですか」

昨日の今日なので、真野も万が一を考えて、先に支払いをすませておいてくれたようだ。すぐに店をとびだしてしまう東山とは大違いである。

「お食事は続けられますか？　もしお二人とも途中で退席されたとしても、コース料金は返金できませんが」

「あたしは帰らないので、次を持ってきてください」

「かしこまりました」

里帆は広い個室でひとり、鴨のコンフィを口にはこんだ。

「このパリパリの皮が最高。つけあわせのマッシュポテトもすごく美味しい……けど……」

口から出るのは、ため息ばかりだった。

四

帰宅した里帆を待っていたのはソラとアキだ。

かわいい二匹にご飯をだして、ふかふかの身体をなでると、心のもやもやが少しだけ癒《い》やされた気がする。

気を取り直して、里帆はスマートフォンのSNS画面をひらいた。

東山が勝手に録画したメッセージを、真野あてに送信する。

(東山さんが「このメッセージを真野に見せろ」って言ってたので送ります)

もちろん既読はつかない。

早くても明日の昼すぎだろう。

「せっかくのデートだったのになぁ。しかも六年ぶりの」

こんなことになるのなら、録画なんてしないで、もっと楽しい話をすればよかった。

『海賊サムライ』のことを筆頭に、ホーンブロワー、ボライソー、子供の頃読んだ本とか、最近面白かった本はどれかとか、いくらでも真野にききたいことはあるのに。

里帆はスマートフォンを握ったまま、ベッドの上につっぷした。

いやいや、真野は幽霊だから。

自分はかなり真野のことが気になってるし、ひかれていないと言えば嘘になる。

でも、真野はもう死んでいるのだ。

自分は真野の本当の顔すら知らない。

本当はどんな目で、鼻で、唇だったのだろう。

永遠にその唇を見ることも、ふれることもできない。

自分が知っているのは、あの、甘くやさしい声だけ……。

「ナーン？」

食事を終えたアキが、里帆の枕もとで毛づくろいをはじめた。

顔から尻尾の先まで、丁寧になめていく。

ついでに里帆の腕もなめてくれる。

猫の舌はザラザラで、ちょっと痛い。

「ありがとう、アキ」

里帆がアキの背中を撫でると、おもむろにアキは毛づくろいを再開した。


週末にくらべると、月曜日の図書館は利用者が少なく、余裕がある。

それもあって、里帆はついつい、自分のスマートフォンに手をのばしてしまったのだが、この日は、何度確認しても、真野からの既読がつかなかった。

普通の人間なら、忙しくてSNSを見る暇もないのかな、と、思うところだが、真野は「暇だから」と自分で堂々と言っていた人間、いや、幽霊である。

そういえば真野は、最近、記憶がとぎれとぎれになると言っていた。

里帆は軽い気持ちで、真野の意識が眠っているのでは、と言ったが、当たりなのかもしれない。

眠れる幽霊の王子さま。

なんて不思議な存在なのだろう。

五

ヤニ臭いベッドで真野が目をさましたのは、午後四時近くになってからだった。

珍しく東山が夕方までおきていたようだ。

自分のスマートフォンを確認すると、里帆から動画が届いていた。

うつっているのは東山だ。

(おい、真野。ふざけんなよ、おまえ。毎日デートしてる暇があるんなら、手を動かす練習をしろ。原作なんかくそくらえだ)

「あいつ、鈴村さんのスマホで録画しないでも、自分のスマホを使えばいいのに」

しかし東山の怒りはもっともなので、思わず笑ってしまった。

(どうもレストランのコース料理は不吉なので、いつものノクターンで待っています)

里帆に返信をおくると、まずはシャワーをあびるためにバスルームへむかった。

しかし東山も、二日連続でレストランで覚醒しては、真野が憑依していることを認めざるをえないだろう。

一歩前進だな。

そう思うと、なかなか気分がいい。

あとはこの調子で録画メッセージを使って『海賊サムライ』の続きを描くよう東山を説得していこう。

鈴村さんのアイデアは大当たりだ。

それに彼女は、髪をおろすと、予想通り、いや、予想以上に素敵だった。

憑依霊として、魂（?）だけでもこの世に残れて、本当に幸運だったとしみじみ思う。

思えば、自分はあの事故で死んでしまったのだ、幽霊になってしまったのだと気づいたばかりの頃は、ひどく悔しく、悲しかったものだ。

『海賊サムライ』は未完だし、行きたい場所もあったし、自分をはねとばした車を運転していた人間への怒りと憎しみでいっぱいだった。

だが今は違う。

嫌でも自分の死を受けいれざるをえないし、少しずつあきらめがついてきた気がする。

何より、あの雷雨の夜、ノクターンで里帆と出会えたおかげだ。

彼女のことを想うだけで、心が穏やかになるし、嬉しくなる。

だがその一方で、東山の身体がひどく重い。

東山の体調が悪いというわけではない。

シャンプーボトルのキャップをはずす程度の簡単な動作がむずかしい。

今日にはじまったことではなく、少し前から感じていたことだ。

二日連続で東山に覚醒されたことといい、もしかしたら、自分の生命力というか、霊力が、少しずつ衰えているのだろうか……？

このままずっと、憑依霊ライフをおくれるなら、それはそれで悪くない気がしていたのだが、そんなに都合よく話はすすまないのかもしれない。

神様、それとも仏様に祈ればいいのだろうか。

生き返らせてくれなんてぜいたくは言いません。

あと少しだけ。

あと少しだけ、自分に時間をください。

六

五時と同時に帰り支度をはじめた里帆は、大急ぎでブックカフェにむかった。

もたもたしていたら、また東山が覚醒してしまうかもしれない。

階段をかけおり、ドアをあけると、真野はいつものテーブルで本をひろげていた。

「お待たせしました」

どちらだろう。

里帆はドキドキしながら声をかける。

「ああ、鈴村さん」

甘い声が里帆をつつむ。

真野だ！

ほっとすると同時に、思わず笑みがこぼれる。

「今日も『砲艦ホットスパー』の原書を読んでるんですね」

「なかなかすすまなくて」

真野はしおりをはさんで、ペーパーバックを閉じた。

たしかにしおりの位置は、ほとんど進んでいないようだ。

里帆も椅子に腰をおろすと、アイスコーヒーとサンドウィッチを注文した。

「やっぱりここが一番落ち着くな」

真野の言葉に里帆もうなずく。

「そういえば昨日、僕が食べかけたオマール海老、また東山にとられたのかな？」

「昨日？」

「一緒に井の頭公園のそばのレストランで食事をしたよね？　途中で東山が覚醒して、またも完食をはばまれてしまったけど」

「それは、おとといですけど……。今日は火曜日ですよ？」

里帆が言うと、真野は驚き、自分のスマートフォンを確認した。

「本当だ。一日とんでる」

眼鏡のブリッジをおしあげるしぐさをする。

「あれから今日の夕方まで、東山さんがずっとおきてたんですか」

もともと〆切の日は毎週徹夜をしていたと言っていたし、酒と睡眠導入剤をやめれば四十時間おきていられるたちなのだろう。

さすがは漫画家、と、里帆は感心したが、真野は首をかしげた。

「どうだろう。まったく記憶がない。鈴村さんが言っていた通り、幽霊も眠るのか、あるいは……そろそろ消えるのか」

「えっ？」

いったい何が消えるのだろう。

真野の話についていけず、里帆は目をしばたたいた。

「ほら、ここのところ立て続けに、鈴村さんの前で、東山に覚醒されてしまっただろう？

東山の眠りが浅くなって、頻繁に目覚めるのかと思ってたんだけど、もしかしたら、僕の方が弱っているのかもしれない。死んでもうそろそろ一ヶ月たつし」

「このままずっと、東山さんに憑依するんじゃないんですか？」

「なにせ初めてのことだから自分でもよくわからないけど、なんとなく、違うのかもしれないって最近感じはじめたんだ。ほら、よく四十九日で成仏するって言うだろう？　あれかもしれない。僕は別に仏教徒じゃないけど」

「そんな……」

突然、四十九日だの、成仏だの言われても、とうてい里帆には理解できず、絶句してしまう。

「あ、もちろん、なんの根拠もないよ。ただの憶測。気にしないで」

「そう、ですよね」

なんだ、憶測か、と、里帆はほっとした。

「しばらくまえからかな。自分が弱ってる実感があるんだ。どんどん東山の身体を動かすのが難しくなってきてるし」

「え？」

待って、憶測の話じゃなかったの⁉

里帆は指先から血の気がひいていくのを感じる。

「そうだ、図書館の追悼企画に協力するって約束したよね？　今のうちに、僕にできることがあったら言ってくれる？　インタビューでも何でもうけるよ。追悼される本人が答えるインタビューなんて、なかなか貴重だと思うんだけど。桐嶋さんには僕から連絡しておくよ。東山のふりをしてね」

「ありがとうございます。助かります」

笑顔をつくろうとしたが、うまくいかなかった。

ストローを持つ指がカタカタふるえる。

「ごめん、そんなに鈴村さんが怖がるとは思わなかった」

「……真野さんは怖くないんですか？」

「僕はもう死んでるからね。いつ消えてもいいように、終活も着々とすすめてるし。むしろ、自分がこの先どうなっていくのかという、好奇心の方が勝っているかもしれない」

真野はいつものように、あっさりとしたものだ。

「そんな……」

里帆の右頰を、涙がつーっとつたい落ちる。

「鈴村さん？」

「いつ消えてもいいように、なんて、どうしてそんなこと言うんですか」

「死んだ人間は消える方が自然なんだよ。僕が憑依してると、ずっと動きまわるから、東山の身体にだって負担だろうし」

「でも……」

真野は腹立たしいほど淡々としている。

もしかしたら、里帆が先に泣きだしてしまったせいかもしれない。

一番つらいのは真野なのに、自分が取り乱してどうする。

里帆はぎゅっと奥歯をかみしめて、なんとか涙をとめようとするが、いったん崩壊した涙腺《るいせん》はなかなか止まらない。

真野は右手で、里帆の涙をぬぐった。

「真野さんの手、あたたかい……」

里帆は真野の手に、そっと自分の手を重ねて、頬に押しあてる。

「あたたかいのは、東山の手だからだよ」

「……成仏なんて、やめちゃえばいいのに」

「やめられたらいいんだけどね」

真野は里帆の耳もとでささやいた。

だが次の瞬間、真野の顔は里帆の肩につっぷした。

「真野さん……!?」

たとえ四十九日で成仏するとしても、まだ二十日以上残ってるんじゃないの……!?

「おきてください、真野さん……!」

里帆は震える手で、真野の頭をささえる。

シャンプーの匂いのする、洗いたての髪。

東山の身体をうまく動かせないと言いながら、シャワーを浴びてきたらしい。

「え……なんだ?」

かすれ声が聞こえた瞬間、里帆はぐいっと、やせた肩をおしやった。

「またおまえか、オマール海老」

里帆の顔を見て、東山が言う。

「鈴村です……」

「泣いてるのか!? なんで!?」

東山はびっくりして、ペーパーナプキンを里帆にさしだした。

「真野さんが……」

里帆はペーパーナプキンを受け取って、涙をぬぐおうとする。

「真野があんたに何かしたのか？」

「四十九日で、消える、なんて言うから……」

だめだ、また涙がでてきてしまう。

「はあ？　そんなよた話、信じてんのか？　嘘だろ？」

「そんなの、あたしにわかるわけないじゃないですか」

「ああ、もう、わかったから泣くなよ。まだそうと決まったわけじゃないんだろ？」

口調はぶっきらぼうだが、東山なりに、里帆をなぐさめようとしているらしい。

「どんな絶望的な状況でも希望を捨てるなって、虎之助も言ってるぞ」

里帆はこくりとうなずいて、唇をかむ。

まだ時間はあると信じよう。

第七章　四十九夜の幸せ

一

「四十九日」なんて信じない。

信じられるはずがない。

そもそも根拠がよくわからない。

ネットを検索してみたら、「仏教では人が亡くなるとあの世で七日毎に極楽浄土へ行けるかの裁判が行われ、その最後の判決の日が四十九日目となるためです。」と書いてあった。

ちなみに判決で天国行きか地獄行きかが決まるのかと思ったら、来世での転生先が決まるのだという。

そんなラノベみたいなこと言いだした古代インド人（お釈迦様ではなく民間思想）に対

して、「あなたは実際に裁判を経験したの？　最低でも取材のために傍聴してきたんでしょうね？」と問いつめてやりたいものだ。

あくまで古代インドのラノベ的設定ということで、四十九日はスルーしてもいいんじゃないのかな、と、里帆が結論づけた。

(四十九日に根拠はないみたいですよ)

真野にもメッセージを送る。

四十九日なんて気にすることはない。

大丈夫、大丈夫。

だが里帆のメッセージに対する真野の返信は、次第に遅くなっていった。

東山の中で、こんこんと眠っているのだろうか。

あるいは、スマートフォンを操作することすら大変になっているのかもしれない。

否応なく、真野の言葉が真実味をおびてくる。

里帆は、あらためて、遠野ハルカの急死を知らせるネットニュースを読み直した。

「二人組の漫画家の遠野ハルカ氏のうちひとりが、九月八日に死去していたことがわかった」とある。

計算してみると、四十九日にあたるのは、十月二十六日だった。

読書週間がはじまる前の日、つまり、追悼コーナー開始の前日だ。

今日が十月八日なので、まだ十八日ある。

……もう十八日しか残っていない。

四十九日などまったく信じていないが、仮に、万が一、真野があと十八日で消えることになっているとしたら、阻止するために、自分にできることは何かあるだろうか。

成仏できないでさまよっている幽霊だったら、お経をあげてもらえばいいのだろうが、成仏させたくない時はどうしたらいいのだろう。

ずっと憑依霊として存在していてくれていいのに。

だがそれは、真野にとっていいことなのだろうか？

東山の身体に負担になっているというのなら、憑依をやめて、ただの幽霊になればいい。

どうすれば憑依をやめられるのか、皆目見当もつかないが。

いや、だめだ、東山に憑依しているからこそ、霊感のない自分とも会話ができるのだ。

真野がただの幽霊になってしまったら、もう二度とあの声を聞くことはできなくなる。

やっぱりずっと憑依霊でいてほしい。

我ながら無茶なわがままである。

里帆がベッドの上に寝ころび、ソラの背中を撫でていると、枕元のスマートフォンがピポと鳴り、SNSの通知を知らせた。
急いで手を伸ばし、画面を見る。
(返信が遅くてすみません)
(図書館の追悼企画はすすんでいますか?)
真野からだ!
昨日の昼休みにおくったメッセージの返信らしい。
もう午前零時をまわっているのに、珍しい。
東山がまだおきてこないのだろうか、それとも、今、眠りについたのだろうか。
そんなのどちらでもかまわない。
今この瞬間なら、真野と話せるかもしれない。
気がついたら里帆は画面の通話ボタンをタップしていた。
呼び出し音が聞こえ、心臓がバクバクと激しく暴れている。
三回、四回と呼び出し音が続く。
(もしもし……?)
でてくれた!
「す、鈴村です」

（はい）

スマートフォンを通して聞こえる真野の声は、一段とやわらかく耳をとかす。

「あの、あの、こんな時間にすみません」

（かまいませんよ。どうしました？）

「その……」

声を聞きたい一心で通話ボタンにふれてしまったが、何を話すかは全然考えていなかった。

「あの、最近、図書館にもブックカフェにも真野さんが来ないので、どうしておられるのかなと思って……」

（最近は眠っていることが多いけど、おきている時は、やり残したことを少しずつ片付けてるよ。もらった『砲艦ホットスパー』を読んだり）

「そうですか」

（鈴村さんは追悼企画の準備で忙しいんだろうね。そういえば、インタビューを受ける約束をまだはたしていないな）

「え、本当にいいんですか？」

（うん。なんでもきいていいよ）

「ええと、では、真野さんの本棚には、海軍や艦船関係の書籍がたくさんありましたけど、サムライ関係の資料はほとんどありませんよね？　リビングの共用本棚には、画集とか、作画用の資料がいくつかありましたけど。真野さん、本当はサムライにはあんまり興味ないんじゃないのかなって思ったんですが」

（ああ、ばれたか。実はそうなんだ）

「それなのに、どうしてサムライを主人公にしたんですか？」

（もともと僕たちは、フランシス・ドレイクが主人公の漫画を描きたかったんだ。ドレイクはただの海賊じゃない。世界一周に成功して巨万の富を手に入れ、スペインの無敵艦隊を撃ち破った英雄で、さらにはプリマスの市長をつとめ、カリブ海で最期をむかえる。彼の波瀾《はらん》万丈の冒険を漫画にしたら絶対に面白いと思った。でも、青年誌ならともかく少年誌で海外の歴史ものは難しいから、これは連載会議で通らないだろうって日高さんに反対されて。小学生の読者もいっぱいいるからね。どうしてもイングランドの海賊ものを描きたいのなら、せめて日本人の少年サムライを主人公にしろ、それならいけるかもしれないって言われて、東山と二人で一所懸命、考えたり調べたり……。いろいろ楽しかったな。図書館にも何度も行きましたよ）

その真野の言葉が、司書としては誇らしく、友人としてはせつない。

もう二度と二人で来館することはないのだ。

「スペインの無敵艦隊に勝利をおさめた後、虎之助たちは日本に帰るんですか？」

(鈴村さんならどうする？)

「えっ、あたしですか？　ええと、あたしなら、新しい冒険にでかけさせる……かな？

新大陸でスペインに苦しめられている人たちを救う……だと定番すぎてひねりがないか。

うーん、何かの手違いでオスマン・トルコにとらわれ、ハーレムに入れられそうになったカタリーナ姫を助けだす、とかどうですか？」

(なるほど、そうきたか)

「当たりですか？」

(どうかな)

真野は楽しそうに笑うばかりで、正解を教えてくれない。

もちろん里帆も、教えてもらえるとは思っていないが。

「真野さん……」

(ん？)

「東山さんがどんなふうに『海賊サムライ』を完結させるか、賭けませんか？」

(面白そうだね)

「連載が完結したら、ポーツマスまでビクトリー号を見に行くっていう計画もありましたね」

（そうだった）

「それから、このまえちょっとしか食べられなかったトナカイのステーキ、もう一度行きましょう。オマール海老のお店の鴨もすごく美味しかったですよ」

（うん）

「もっと、あたしと、ホーンボロワーやボライソーの話をしましょう」

（いいね）

「それから、それから……」

（鈴村さん、もしかして、僕に、心残りをたくさん思い出させようとしてる？）

「ばれましたか。なるべく心残りが多い方が、成仏が遠のくかと思って」

（どうだろう。心残りのない人なんてほとんどいないだろうし、その作戦が通用するなら、この世は幽霊でパンクしちゃうよ）

「それはそうですが……」

（だからほどほどには消えないとね。来世は猫に転生するのもいいな。鈴村さんにひろってもらおう）

「そんな……」

里帆は思わず涙ぐみそうになる。

（猫は冗談だけど、いつまでも居残るのは、僕にとっても、東山にとっても、あまり良いことじゃない気がする。君にとっても）

「そんなことありません。ずっと居残ってください」

（……ありがとう）

真野も、里帆も、自分の意志で先のばしできるようなものではないと知っている。おそらく、その時がきたら、受けいれるしかないのだ。

心残りがあっても、なくても。

「真野さん……？」

眠りにおちてしまったのだろうか。

その夜、もう、とろけるような甘い声が聞こえてくることはなかった。

二

少年ギャング編集部の朝は遅い。

漫画家は夜型が多いので、朝っぱらからメールやメッセージを送っても返事など来やしないし、電話をかけても不機嫌な対応をされるのが関の山だからだ。

いきおい編集者たちも、昼頃のっそり出社してくるパターンになる。

そんなこんなで閑散とした午前十時の編集部で、桐嶋はひとり、頭をかかえていた。

もともと髪はスタイリッシュなツーブロックにしていたのだが、かれこれ一ヶ月半は美容院に行ってないので、なんだかよくわからないヘアスタイルになっている。

以前は三週間に一度サロンに行ってきれいにととのえてもらっていたネイルも、いまやボロボロだ。

なまじっかジェルネイルなので、自力でおとすこともできない。

すべてがくるんと上をむいていたまつげだって、半分がはえかわり、上向きのまつげと、まっすぐなまつげが混在している。

どうせ女子会も婚活パーティーもすべからくキャンセルしたので、自分さえ我慢すればすむことなのだが、何もかもが不本意だ。

だが今朝の桐嶋はそれどころではない。

「このメール……信じていいのかな……」

昨日の深夜、東山からメールが届いた。

しかもいきなり二通だ。

一通目は「井の頭図書館で『海賊サムライ』の追悼コーナーを設置したいそうなので、

協力お願いします。東山一生」だ。

これは先日マンションに来ていた、きれいな髪の司書さんがらみだろう。

そのくらいはかまわない。

問題は二通目だ。

「桐嶋様『海賊サムライ』に原作は必要ありません。自分ひとりで完結させます。東山一生」とある。

東山が再びペンを持つ気になってくれたのは、たいへん喜ばしいことだが、本当に原作なしで描けるのだろうか。

日高の話だと、東山はネームを直せないとのことだったが……。

「十時五分か。おきてるかな？」

そもそも東山はおきていようといまいと、桐嶋の電話にでたためしがないのだが。

案の定、今日も「おかけになった番号は、電源が入っていないか電波の届かない範囲に」というお決まりのアナウンスが流れる。

「はいはい、わかってました」

唇をとがらせて桐嶋が受話器を置いた時、スマートフォンから着信を知らせるメロディが流れてきた。

ディスプレイに表示された文字を見て、桐嶋は凍りつく。

そこには「遠野ハルカ（真野さん）」と表示されていたのだ。

霊界からの通信⁉

いや、冷静に考えて、真野が使っていたスマートフォンを解約せず、真野の家族か東山がそのまま使っているのだ。

うん、きっとそう。

とりあえずでてみるしかない。

「は、はい、桐嶋です」

（お久しぶりです、真野です）

「は⁉　え⁉」

桐嶋は驚きのあまり立ち上がった。

霊界通信キター‼

（『海賊サムライ』のことでご相談があるのですが）

「は、は、はい」

（この先は東山にまかせてもらえませんか？　ひとりで週刊は無理だと思いますが、隔週か、あるいは月刊少年ギャングにうつしていただいてもかまいません）

「原作をつければ、週刊でもいけるのでは……」

あまりのことに頭の中が真っ白になってしまい、つい、普通に返答してしまう。

(原作はかたくお断りします。わがままだということは重々承知していますが、僕から桐嶋さんへの最後のお願いということで、聞き届けていただけませんか?)

「……わかりました。編集長にかけあってみます」

(ありがとう。『海賊サムライ』の担当さんが桐嶋さんでよかった)

「えっ」

(東山をよろしくお願いします)

「あの、真野さん⁉ 今どこから、どうやってかけてるんですか⁉ まさか生き返ったんですか⁉ もしもし⁉」

桐嶋はなおも問いかけようとしたのだが、話は終わったとばかりに、通話は終了されてしまった。

今のは幻覚だったのだろうか。

だが着信履歴にははっきりと真野の名前が表示されているし、なによりもあのむやみやたらとセクシーな甘い声は、真野本人に間違いない。

桐嶋は真野の番号にかけなおしてみた。

だが、もう誰もでることはなく、コール音がひびくばかりである。

最後は「お呼び出ししましたが」というお決まりのアナウンスで打ち切られてしまった。

「幻聴でなければ、真野さんが化けてでたってこと……?」

桐嶋の両腕に、ぞわりと鳥肌がたつ。

以前、ファッション誌の占いコーナーを担当していた時、スピリチュアルな話はあれこれきいたものだが、よもや自分の身におころうとは。

化けてでるほどの心残り……。

そんなものあるに決まっている。

いよいよ最後の決戦に突入しようとしている『海賊サムライ』。

ようやく食事にいくところまでこぎつけた、きれいな髪の彼女。

自分だって真野の立場だったら、化けてでるにちがいない。

東山が落ち着くまで待ってあげられないのか、という、司書の彼女の問いかけが、ずっと耳の奥をぐるぐるしている。

本当は自分だって、待てるものなら待ってあげたかった。

アニメの放映時期さえ迫っていなければ。

だが、それは結局、会社の都合を東山に押しつけているだけだ。

この一年間、遠野ハルカがすべてをそそいで『海賊サムライ』をうみだしているのを、一番そばでささえてきたのは自分だ。

真野の最後のわがままをかなえてやりたい。

「お、桐嶋、また休日出勤か？　頑張るのはいいが倒れないでくれよ」

桐嶋に声をかけてきたのは、編集長である。

編集長が部下の体調を気づかってくれるのは、半分は自分のためだ。

病欠がでたらいつもより少ない人数で仕事をまわさなければならないし、なにより人事からクレームが入る。

「一度帰宅して着替えてきました」

「おいおい本当に大丈夫なのか？　だがそんな桐嶋にグッドニュースだ。『海賊サムライ』の原作を」

「断るそうです」

「ん？」

「先日も東山さんから口頭で断られたのですが、あらためてお断りのメールが届きました。ひとりで続きを描くそうです」

「今まで二人で分担していたことをひとりでやるっていうのか？　週刊連載だぞ？　無理

だろう」

「とりあえず隔週連載で様子を見てみませんか？　だめなら月刊少年ギャングにうつることも検討しているようです」

「なんだと」

編集長の表情がくもる。

同じ少年ギャングでも、月刊と週刊では編集部が違うし、編集長も違うのだ。

他社にひきぬかれるのとはまた違うダメージがある。

「大人で常識もわきまえていた真野さんと違って、東山さんはとてつもなく気難しい人のようです。これ以上ご機嫌を損《そこ》ねるのは得策ではないと思いますが」

「だからそこを」

「桐嶋に説得させるのは無理でしょう。もちろんおれにも無理ですけど」

ちょうど出社してきた日高が、状況を察して割って入った。

「ひとりでやってみたいっていうんなら、やらせてみたらいいじゃないですか。行き詰まったところで、あらためて原作をつける話をしたら、本人も納得して受け入れると思いますよ」

「ずいぶん悠長な話だな」

「『海賊サムライ』を他誌にとられるよりはいいんじゃないでしょうか⁉」

「不幸中の幸いと言ってはあれですが、真野さんの訃報がきっかけで『海賊サムライ』の既刊もずいぶん動いてますし、最悪、アニメ放映中に十六巻をだせなくても、そこそこの数字はいきますよ」

「そこそこか……」

編集長は深々とため息をついた。

「まあ引っ越されるよりはましだな。だが隔週は死守させろよ」

「わかってます」

桐嶋は大きくうなずいた。

三

その夜、里帆は仕事が終わった後、意を決して、東山と真野のマンションまで行ってみた。

日没後なのであたりはすっかり暗くなっているが、まだ午後六時まえだ。

昨夜は十二時頃まで真野が活動していたようだが、今日はどうだろう。

緊張しながら、四〇五号室のインターフォンをおす。

だが、仏頂面《ぶっちょうづら》でてきたのは、かすれ声の東山だった。

「おれだ。真野じゃなくて悪いな。まあ入れよ」

「お邪魔します……」

リビングのドアをあけると、きれいに片付いていた。

「真野さんが片付けたんですか？　東山さん？」

「いや、桐嶋さんが手配した業者があっという間に片付けて、ゴミ袋も全部持って行ってくれた」

「もう真野さんは全然……？」

「今でもたまにリビングや真野の部屋で目がさめることがあるから、まだおれに憑依してはいるらしい」

「よかった」

里帆はほっとして、息をはく。

「あのさ……」

東山は言いにくそうに、自分のぼさぼさの髪をかきまわした。

「このまえの真野のメッセージビデオ、もう一回見せてもらえるか？」

「はい」

里帆はスマートフォンをとりだして、録画を再生する。

「ほんとにおれの口から、真野の声がでるんだな。すげぇ変な感じ」

東山は、むう、と、顔をしかめる。

「おれ、憑依霊とか、あんたのうさんくさい話は全然信じてなかったんだ。でも、おとと い、真野の部屋で目がさめたら、パソコンの電源が入りっぱなしになっててさ。おれが『海賊サムライ』の続きをひとりで描けるように、って、わざわざこまかいキャラクターリストをうちこんでくれてたんだ。あいつ、死んでからも仕事してやんの。まいったよ」

「真野さんらしいですね」

少しずつ心残りを片付けている、と、昨夜の電話で言っていた。

東山用にキャラクターリストをつくったのも、その一環なのだろう。

「最悪なのは、あいつ、おれのスマホから、やっぱり自分で『海賊サムライ』のストーリーを考えることにしたから、原作の人は断ってくれって、桐嶋さんにメールだしてやがった」

「そういえば何度かなりすましメールをだしたって言ってました。東山さん、今まで気づいてなかったんですね」

「あのストーカー女、今日もうちに来やがってさ。おれがピンポンを無視していたら、この廊下に面した風呂の小窓をガッとあけて、メールありがとうございます、慣れるまでは隔週でもかまいません、チキンナゲットとバーベキューソースをドアノブにかけておくので食べてください、とか叫んでるんだよ」

小窓にむかって叫んでいるおしゃれ編集女子の姿を思い浮かべ、つい里帆はクスクス笑ってしまった。

「メールって何の話だ、意味がわからん、と、思ったが、チキンナゲットに免じて、久しぶりにスマートフォンの電源を入れてみた。そしたら、どういうわけか、昨夜、あの女あてに送信したメールの履歴が残ってたんだ。見ろよこれ」

里帆は東山がさしだしたメール画面を見た。

(桐嶋様　『海賊サムライ』に原作は必要ありません。自分ひとりで完結させます。東山一生)

「送信済みになってますね」

「ああ。こんなことができる人間の心当たりはひとりしかいない。なにせ憑依霊はおれの指紋でスマホを使い放題だからな。長いつきあいだが、真野がそんな凶悪なヤツだったとは知らなかったぜ」

東山はボリボリと頬をかく。

「しかし、真野のやつ、本気でおれに『海賊サムライ』の続きを描かせようとしていたんだな。作画だけじゃなくてネームもひとりでやれって？」

「ええ。真野さんは何度も、東山さんの『海賊サムライ』を読みたいって言ってました。今、メッセージでも聞きましたよね？」

「そんなこと言われても、おれ、全然自信無いんだけど」

「真野さんができるって言ってるんです。真野さんを信じましょうよ」

「うーん」

「真野さんの言うことは信用できると思います」

「でもなぁ」

「ためしに一話分だけネームをきってみてはどうでしょう？　ひとりでできるか、できないか、ためしてみないことにはわかりませんよね？」

「無理だ。ためさないでもわかってる」

さすが他人の言葉に耳を借さない男。

かくなる上は。

「どんな絶望的な状況でも希望を捨てるなっていう虎之助の台詞、そっくりそのままお返しします」

自分の言葉を返されて、東山は鼻白んだようだ。

「……そうだったな」

わかったよ、と、不承不承、うなずいた。

「あと、あんた、図書館で真野の追悼コーナーを企画してるんだな。協力してやってくれって桐嶋さんにメールだしてたぜ。おれの名前で」

「真野さんが……」

「いくら彼女が司書だからって、自分の追悼コーナーを応援するとか、あいつもかわってるよな」

「彼女じゃありませんよ、残念ながら」

「違うのか？　毎日一緒にレストランでデートしてただろ？」

「あれはたまたまです」

里帆は一瞬だけ、はにかんだようなほほえみをうかべるが、すぐに消えてしまう。

「だって初めて会った時、真野さんはもう憑依霊だったんですよ。だからあたしたち、ただの本好き仲間のメシ友です。それ以上でもそれ以下でもありません」

「あー？　ああ、まあ、そうか」

東山はボサボサの頭をかきながら言う。

「うん、まああれだ、絶対に四十九日で消えるって決まったわけじゃないだろ？　なんとかがんばれよ」

「……はい」

東山は、無愛想でぶっきらぼうなところもあるが、実はいいやつなのかもしれない。さすが真野の幼なじみにして親友、かつ相棒だ。

リビングで一時間ほどねばったが、どうやら今日は真野が現れてくれそうな気配がまったくない。

夜七時すぎ、里帆はあきらめて西荻窪の自宅に戻っていった。

その夜も、次の夜も、里帆は真野のスマートフォンに発信し続けたが、コール音がむなしくひびくばかりであった。

四

真野は珍しく、真夜中に目をさました。

すっかり片付いたリビングのソファで、東山はうたた寝をしていたらしい。

カーテンが開けっぱなしなので、窓ガラスごしに、澄んだ夜空が見える。

重い身体をひきずるようにして、自分の部屋にむかう。

スマートフォンを確認すると、里帆から何度も着信があった。

今日は十月十三日か。

ずいぶん眠っていたようだ。

やはり霊力がおとろえている。

二度目のお迎えがそろそろ近いのだろう。

自分はもっと取り乱すのかと想像していたが、もう、そんな力も残っていないようだ。

このまどろみの中で静かに消えていけるのなら、それも悪くない。

東山の中にとけこんでいって、一緒に漫画を描こう。

それともあの夜空に、あるいはひんやりとした夜風にとけこんで、ふわふわとただよいながら、大切な人たちを見守るのもいい。

……彼女のことさえなければ。

あと何回、彼女に会えるだろうか。

ちゃんと別れを告げることはできるだろうか。

もしも、生きている間に勇気を出していれば、あのきれいな髪をなでたり、やわらかな手を握ったり、ほっそりした身体をだきしめたりできたのだろうか。

……おそらくできなかっただろう。

自分にはそんな勇気はなかった。

自分の時間に限りがあるなんて考えたこともなかったし、告白に失敗して気まずくなるくらいなら、ずっと片想いしている方が平和だ、という生き方だったからだ。

だが過去を思いおこす時間すら、今の自分にはもったいない。

やり残したたくさんのことのうち、今の自分にできることを一つでも片付けておこう……。

五

真野と連絡がとれぬまま数日がたち、十月も後半に入った。

里帆は焦りや寂しさをまぎらわせるために、毎日、仕事に没頭している。

幸い桐嶋は追悼コーナーの企画にとても協力的で、インタビューや本棚写真の展示を許可してくれただけでなく、複製原画やカラーパネルまで貸してくれた。

真野が東山の名前でだしたメールのおかげだろう。

「アニメの準備もあってすごくお忙しいのに、すみません」

「あなたを邪険にすると化けてでる人が……あわわ、東山さんのマンションに行くついでですから、お気になさらず」

じゃっ、と言って、風のようにすばやく去って行く。

あいかわらずせわしない人だ。

だが、どこかしら印象が変わったような気もする。

里帆の思いすごしだろうか。

まったく真野と連絡がとれなくなって十一日がすぎた。

十月十九日は休館日だったので、朝から時間があったのだが、里帆はあえて夕暮れ時を待って、東山のマンションにむかった。

緊張でふるえる指先で、四〇五号室のインターフォンを押す。

「こんにちは、鈴村です」

消え入りそうな声で言うと、数秒後にドアがあいた。

「おれだ」

ぶっきらぼうなかすれ声に、ぼさぼさの頭。

予想はしていたが、やはり東山だった。

「あの……さしいれです。どうぞ」

がっかりを顔や声にださないように気をつけながら、チキンナゲットの入ったビニール袋をさしだす。もちろんバーベキューソースだ。

東山にうながされてリビングに入ると、大きなテーブルの上いっぱいに、『海賊サムライ』のコミックスや画集、歴史資料などが積み上げられていた。

真野が作成したキャラクターの一覧表もある。

キッチンには空のカップ麺の容器とビールの空き缶、そして煙草の吸い殻がこんもりと山をつくる灰皿。

ただ、空き缶は以前にくらべるとかなり少ないので、酒量は減ったのだろう。

それにしてもテーブルのこの感じは。

「東山さん、もしかして、『海賊サムライ』の原作が届いたんですか？」

「逆だ」

「え？」

「真野が原作を断るってメールをおれの名前で送っただろ？　だから編集長が手配してた原作の話は消えたそうだ」

「そうですか。それは朗報ですけど、正直、びっくりしてます。一月からアニメの放映がはじまるから、原作をつけて再開するしかないって、桐嶋さん、あんなにきっぱり言ってたのに」

たしか、社運がかかっているとまで言っていたが、メール一本で状況が変わったのだろうか？

もしかしたら他にも、桐嶋の心境を変化させる何かがあったのかもしれない。

「うーん、なんかいろいろ言ってたな。最初は隔週でいいとか、まずは真野が残したネームのストックが一話分だけあるから、それを原稿に仕上げてみろ、とか？」

「真野さんのネームはぜひ仕上げてください！　あたしも読みたいです！」

「まあ、あんたはそう言うと思ってたよ」

東山は肩をすくめた。

「すみません。でも、真野さん、東山さんがペンを持つ気になってくれただけで、すごく喜ぶと思うんです」

「そうか？」

「早速メッセージを送っておきますね！　……読んでくれるかどうかは、わかりませんが……」

「返信ないのか？」

「はい。もうずっと、返信ないし、電話もつながらないし……」

里帆の唇がかすかにふるえる。

まだ四十九日まで八日間あるのに、もう消えてしまったのだろうか？

そんなはずはない、最低でも四十九日まではいてくれるはずだと思いたいが……。

「このまえ、一回、洋書握ったまま眠ってたことがあったぞ？」

「えっ……!?」

「なんか、海軍将校が表紙のやつ」

「きっとホーンブロワーの原書です」

「ああ、あいつ昔から好きだったもんな」

東山が苦笑する。

東山にむかって、ホーンブロワーの魅力をとうとうと語る真野の姿が目にうかぶようだ。

「良かった。やっぱりまだ東山さんに憑依してるんですね」

里帆は心底ほっとする。

「でも、いくら愛読書だからって、ちょっとだけページをめくる手を止めて、あたしに電話をくれてもいいのに……」

「真夜中だったから、携帯鳴らしちゃ悪いって思ったんじゃないのか？」

「えっ？」

「あいつ、気をつかいすぎなんだよ」

「……優しい、から……」

里帆はあふれそうになる涙をぐっとがまんして、ほほえんだ。

真野は幽霊なんだから、好きになってはいけないのだと、ずっと自分にストップをかけてきた。

幽霊とは結婚できない。

キスもできない。

手を握ることすらできないのだから。

でも、もうすぐ消えてしまうかもしれないと思うと、真野への気持ちがあふれて止まらない。

手なんか握れなくてもいい。

本の話をできるだけでいい。

声を聞けるだけでいい。

自分の気持ちを、伝えたい……。

六

四十九日まであと二日になってしまった朝。

もうこのまま二度とあの甘い声を聞くことはできないのだろうか。

胸にぽっかり穴があいたような、というのは、こういう時のためにある比喩《ひゆ》表現に違いない。

朝から憂鬱な気分で、布団の中でぐずぐずしていると、スマートフォンの着信音が流れた。

「真野さん⁉」

里帆ははねおきてスマートフォンの画面を見るが、表示されていたのは、未登録の番号だった。

なんだ、違うのか……。

それにしてもこんな朝っぱらから誰だろう。

間違い電話かもしれないと思ったが、一応、通話ボタンをタップしてみる。

「……はい」

「東山だけど」

予期せぬかすれ声に、里帆は驚愕した。

いったい何の用だろう。

もしかして、真野のことで何かあったのだろうか。

「お、おはようございます」

「明日、おれ、遠野に行くことにした」

「帰省ですか？」

「おれじゃなくて、真野のな。おれも真野も、連載がはじまってから三年間、一度も帰省してないんだ。そのことを真野は気にしてるみたいだったから、あいつがまだおれに憑依している間に、帰省させてやろうと思って」

「そうですか」

東山なりに、親友のためにできることを考えたのだろう。

「あんたも来ないか？」

これまた東山なりに、真野のためにと考えて誘ってくれたのだろうか。

あるいは里帆のために？

とはいえ明日か。

「遠野市って岩手県ですよね？」

真野が生まれ育った場所、そして遠野ハルカのペンネームの由来ともなった遠野市にはとても心ひかれる。

しかし明後日スタートする追悼コーナーの準備があるので、明日は休館日だが出勤する予定なのだ。

東京近郊なら、帰ってきてから出勤することも可能だが、岩手ではそうもいかない。

そもそも日帰りが可能な距離なのだろうか。

「残念ですが、明日は……」

「追悼企画用の写真もとれるぞ」

「えっ、写真をとってもいいんですか？」

東山のくせに、と言っては失礼だが、なかなか的確な誘い文句だ。

「さすがに真野の自宅はまずいけど、遠野駅や市内の風景写真くらいは展示してもいいだろ。遠野出身ってことはコミックスのプロフィールにものってるし」

……それは、追悼コーナーにぜひほしい。

今夜じゅうにできるだけの準備を終わらせておいて、明日の夜はディスプレイするだけにしておけば、何とかならないこともない。

かもしれない。

「あの、遠野って日帰りできますか？」

「できるよ」

東山の言葉に、里帆は意を決した。

里帆が明日は休みたい、と言うと、小平はあっさり許可してくれた。

「別にかまわないよ。もともと休館日だしね。じゃあ『海賊サムライ』の応援コーナーは私たちがディスプレイしておくよ」

コーナー名は、これからひとりで続きを描くことになった東山へのエールもこめて、追悼ではなく応援コーナーになったのだ。

「いえ、ディスプレイは今夜中にできるところまでやって、残りは明後日《あさって》、早出して完成させます」

「私にまかせるのは不安かな？　大大大ファンなんだけど」

「不安はありませんが、明日撮ってきた写真を展示できたらいいなと思っているので」

里帆の言葉に、小平は首をかしげた。

「明日どこへ行くつもりなの？　高諷社？」

「遠野です」

「遠野！　聖地巡礼ですか？」

事務室にいた落合が眼鏡の奥の目を輝かせる。

「はい。遠野ハルカ先生の出身地の風景を撮影できたらいいなと思ってます」

「もしかして遠野まで日帰りするつもりなの？　片道五時間はかかるよ」

小平は目をしばたたいた。

「はい。さっき検索してみたんですけど、往復十時間として、現地に五、六時間はいられる予定です」

「鈴村さん、『海賊サムライ』応援コーナーのためにそこまで……！　嬉しいよ!!　わかった。ディスプレイは君にまかせるから、好きなようにやりたまえ」

小平と落合は、里帆が現実逃避もかねて熱心にコーナー準備をしているのを、『海賊サムライ』愛にめざめたためだと思い込んでいるようだ。

若干うしろめたい気もしたが、里帆はありがたく休みを確保させてもらったのであった。

七

西荻窪から遠野まで、かれこれ五時間の長旅をへてたどりついた真野の実家は、大きな古い家だった。

庭もかなり広い。

ここが真野が生まれ育った家なのか。

感慨にふける里帆をよそに、東山は玄関にむかってスタスタ歩いていくと、いきなり引き戸を開けた。

「こんにちは」

大声で言う。

「東山君⁉」

東山は事前に連絡をしていなかったらしい。

玄関にでてきた六十歳前後の女性は、驚いて目を大きく見開いた。おそらく真野の母親だろう。

きれいな栗色の髪に、ふっくらした頬の、優しそうな人だ。

「東山君が来てくれたのか？」

背の高い白髪の男性も玄関まででてきた。父親のようだ。

「四十九日の法要は、前倒しで日曜日にすませてしまったのよ。東山君にも連絡するよう娘に言ってあったんだけど」

「聞きました。でも、親戚がいっぱいくるって聞いたんで……」

人づきあいが苦手な東山としては、なるべく避けたいシチュエーションである。

「それで本来の四十九日である今日来てくれたのね。ありがとう。幸太郎も喜ぶわ。お線香あげてもらえるかしら？　そちらのお嬢さんも中へどうぞ」

門扉《もんぴ》のあたりでうろうろしていた里帆にも、母親は声をかけてくれた。

「いえ、あたしはこのへんで待ってますから……」

「ここまで来て逃げるなよ」

「別に逃げるわけじゃ……」

そこまで言って、里帆は東山の左手がかすかに震えているのに気がついた。

もしかしたら、東山はひとりで真野の実家に来るのが怖くて、里帆を誘ったのかもしれない。

「じゃあ、あの、あたしもお線香を上げさせていただいてもいいですか？」

「もちろんよ。さあさあ」

両親にうながされて靴をぬぐと、広い和室に案内された。

床の間の隣に、立派な仏壇をしつらえてある。

東山に続いて、里帆は仏壇にお線香をあげて、手をあわせた。

眼鏡をかけた、温厚そうな青年の遺影がかざられている。

「真野さん……」

やっと顔を見せてくれた。

少し癖のある、ふんわりとした髪を横分けにして、軽くととのえている。

やわらかな頬の線。

涼やかな目もと。

左目の涙袋の下には、小さなほくろ。

そして、ふっくらとした唇。

あの甘い声は、この唇からつむがれていたのだ……。

「遠いところよく来てくれたね」

おだやかな口調で二人に語りかけた父親の声は、どことなく真野と似ている。

「真野、おれのかわりに行った原画展の帰りに、事故にあったんです。すみません。おれのせいでこんなことに……」

東山が急に頭をがばっとさげたので、両親は驚いて顔を見合わせた。

「頭を上げて、東山君。事故はあなたのせいじゃないわ」

「でも、こんなに早く……」

東山は畳にむかって、いつも以上にかすれた声をしぼりだす。

「そうね、まさか親より早く死んでしまうなんてとんだ親不孝者よ。でもね、あの子は、短いけど、幸せな人生をおくったんじゃないかしら。親友の東山君と思いっきり大好きな海賊漫画を描いて、予想以上の大ヒットにも恵まれて」

母親の言葉に、父親も大きくうなずく。

「きっと本人も、自分は幸せだったと思ってるよ。だから、幸太郎のことを、不幸な最期をむかえたかわいそうな男だなんて、あわれまないでくれ。ましてや責任なんて感じることはない」

「そうよ、東山君は、これからも面白い漫画をいっぱい描いてね。きっと息子も天国で楽しみにしてるわ」

「……………はい」

両親のあたたかな、息子への愛にあふれた言葉に、東山は肩をふるわせた。

「それから、そちらのお嬢さんは……」

「鈴村里帆です」

「鈴村さんは、幸太郎の恋人だったの？」

「えっ、いえ、違います」

いきなりの質問に、里帆はドギマギしてしまう。

「じゃあ東山君の恋人かしら？　それとも出版社の方？」

「違います。あたしは真野さんがよく来てくださっていた井の頭図書館の司書をしていて
……」

「図書館の君《きみ》……？」

突然、若い女性の声がしたかと思うと、和室と廊下をへだてるふすまが細くあいた。

ふんわりした栗色の髪の若い女性が、驚いた様子で両手で口もとを押さえている。

「杏奈《あんな》⁉　仕事は⁉」

「東山君が帰ってきてるって聞いて、早退させてもらったの。それよりこの人、兄さんがずっと憧れてた図書館の君じゃない？」

「ああ」

東山は杏奈が苦手なのか、目をあわせず、最低限の返事をする。

「どういうこと?」

両親は驚いて顔を見合わせた。

「去年、東京に遊びに行った時、兄さんから聞いたんだ。図書館にきれいな髪の素敵な司書さんがいるって」

「母さんは何も聞いてないわよ?」

「そりゃ親には言わないでしょ」

杏奈は両手でふすまをあけ、和室に入ってきた。

言われてみれば、写真の真野と目元がよく似ている。

「こんにちは、妹の杏奈です」

「はじめまして、鈴村です」

「鈴村さん、わざわざ東京からお線香をあげに来てくれたっていうことは、兄さんと、つきあって……?」

杏奈は急に唇をふるわせて、ぼろぼろ泣きだした。

「ご、ごめんなさい。兄さんはおしゃべりなくせに、いざとなると臆病なへたれだったけど、なけなしの勇気をふりしぼって声をかけたのかな、って……。頑張ったんだなって……」

涙をぬぐい、洟《はな》をすすりながら、とぎれとぎれに言う。

「もう、お客さまがびっくりされてるでしょう」

母親がティッシュの箱をわたしながら、杏奈に言った。

「なによ、母さんだって、ついこの前まで毎日べそべそ泣いてたくせに」

杏奈はティッシュで涙と洟をふきながら、小声で母に逆襲する。

「東山君の前でそんなかっこ悪い話、やめてちょうだい」

母は恥ずかしそうに、娘に文句を言う。

「かっこ悪くなんかないです、あたりまえです」

里帆の言葉に、母ははにかんだようにほほえんだ。

「ありがとう。それで幸太郎とはどうだったのかしら?」

「あの……たまたまあたしが読んでいた本と、真野さんが読んでいた本が同じで、声をかけてくれました。つきあうとまではいかなかったんですけど、ええと、親しい友人でした」

もう少し時間があれば、何かかかわっていたかもしれない。

せめてあと一度、会えていたら……。

「ご飯を食べながら、いろんな話をしました。ほとんど海洋冒険小説と『海賊サムライ』

の話でしたけど。あとはいつか、イギリスまでネルソン提督の旗艦を見に行きたいとか」

「兄さんらしい」

目と鼻を真っ赤にしながら、杏奈は笑う。

きっと仲の良い兄妹だったのだろう。

「幸太郎は自分がくせっ毛だったせいか、とにかくきれいな黒髪の女の子に弱かったのよね。その上、大好きな本の話をできて、すごく嬉しかったんじゃないかしら。鈴村さん、遠い所をわざわざ来てくれて、本当にありがとう」

「いえ、あたしの方こそ……」

里帆は、深々と頭をさげる。

「幸太郎もすみにおけませんね」

「そうだな」

両親は、穏やかな笑顔で、うなずきあった。

八

真野家を辞去した後、東山が里帆を連れて行ったのは、こぢんまりとした小学校だった。

「ここがおれたちの母校だ」

東山の後について、校舎に入る。

「おれたち、中学も高校も一緒だったけど、最初に会ったのはこの小学校でさ」

話しながら階段をぐるぐるのぼっていくと、屋上にでた。

素晴らしい見晴らしだ。


山と田畑にかこまれた、緑豊かな土地。

あざやかな紅葉に染まる山々。

稲刈りを終えた広々とした田んぼに、ぽつんと立つ案山子《かかし》。

わずかに残る金色《こんじき》の稲穂の波。


ここが真野の生まれ故郷……。


傍らに立つ東山は、気持ちよさそうに目を閉じて、バサバサの前髪を風におどらせている。

「遠野ってカッパで有名なところですよね？　今日もあちこちでカッパのオブジェを見か

けました。二人は『ゲゲゲの鬼太郎』みたいな妖怪漫画を描きたいとは思わなかったんですか？」

周囲の景色をカメラにおさめて、里帆が尋ねると、東山はゆっくりと目をひらいた。

「この町からは海が見えないんだ。だから漫画や小説にでてくる海や海賊が憧れで。いつか僕たちは、大海原が舞台の漫画を描こうぜって、よくここで語り合った」

「僕……？」

なにもかもをすいこむ、闇夜のような漆黒の瞳。

やわらかな甘い声。

まさか……!?

「鈴村さん、いろいろありがとう」

左手で眼鏡のブリッジをあげる仕草をして、かすかにほほえむ。

「……真野さん……!?」

里帆はふるえる指先で、目の前の手首をつかんだ。

消えてしまいそうだったから。

「本当に……？」

「今だけ、東山に眠ってもらっている。四十九日だし、いいよね？」

甘い声に、笑いがまじる。

「それで……」

里帆の視界が涙でゆれてぼやけた。


もう会えないのかと思っていた。

もう聞けないのかと思っていた。

これは奇跡なの……？


やせた頬に、里帆は手をのばした。

あと一度会えたら、伝えたかったことがある。

「里帆とよんでください」

「……里帆さん？」

耳もとで甘い声がひびき、背中をかけぬける。

「もう一度」

「里帆」

里帆は目を閉じて、耳をすます。

「……真野さん……」

ずっと伝えたかったのに、いざとなると声がでない。

いかないで。

消えないで。

もっと話したいことがある。

さっき初めて、もとの顔を見たのよ。

ボライソーを全巻読み終わったら、感想を話したい。

今度こそ一緒にトナカイのステーキを完食しよう。

それからポーツマスへ行って、ヴィクトリー号に乗ろう。
だから、だから。
時々でいいから。
会いに……。

「里……」

あたたかな唇は、煙草の味がする。

「……ありがとう」

山からふいてくる強い秋風の中、かすかに聞こえた声。
言ったのは里帆だったのか、真野だったのか。
やせた長身は、里帆の腕の中、ゆっくりとくずおれた。

終章　夜想曲《ノクターン》は甘くささやく

一

翌朝、里帆は七時に出勤した。

『海賊サムライ』応援コーナーの最後の仕上げをするためだ。

昨日、中学校の屋上で撮影した風景写真を大きなサイズで印刷して、壁にはる。

「おはよう、遠野はどうだった?」

やはりいつもよりかなり早い七時半に出勤してきたのは、館長の小平だ。

「おはようございます。ちょうど紅葉が見頃でした」

振り返った里帆の顔を見て、小平は驚きの表情になる。

「鈴村さん、何かあったの?」

泣き明かした里帆の目は、赤く充血し、しかも腫れてしまったのだ。

そのせいか、なんだか頭も重い。

「あ、いえ、いよいよ今日から『海賊サムライ』応援コーナーがはじまると思うと、緊張であまり眠れなかったので、こんな目になってしまいました。でも、大丈夫です」

「わかる。私も今朝は興奮して、アラームがなる前に目が覚めちゃったよ」

寝不足でこんな顔になるはずはないのだが、あえて小平は話をあわせてくれた。

空気をよめない東山とは大違いだ。

「ところで遠野なのに、カッパ像の写真がないんだね」

「写真はいくつかとったんですけど、お二人ともカッパにはあまり興味がなかったそうなので、展示するのはやめました」

聖地巡礼用に遠野のガイドブックも三冊ほど並べたので、カッパは十分だろう。

「ここは何を置くの？」

小平は、まだ何も置かれていない中央のスペースを指さした。

「これです」

里帆はリュックからノートをとりだす。

遠野の土産物《みやげもの》屋で買ったおえかきノートなので、それこそ表紙はカッパの絵入りだ。

「ああ、来館者に感想の寄せ書きをしてもらうんだね。筆記用具も置いておく？」

「寄せ書きのノートも別にあるのですが、これは」

里帆が最初のページをめくると、小平は一瞬硬直し、それから絶叫した。

「遠野ハルカ先生の直筆イラストじゃない！」

「やっぱりわかります？」

「わかるよ！」

帰りの新幹線で、東山が、「ひまつぶしだ」と、サインペンで虎之助と四郎丸を描いてくれたのである。

「どうしたの、このイラスト⁉　編集部から貸してもらったの？　でもこのおえかきノートの表紙、遠野のカッパだよね」

小平は矢継ぎ早に質問をくりだしてきた。

「ええと、実は、遠野ハルカ先生と新幹線が一緒で、ご厚意で描いてくれました。実は亡くなった方の遠野先生が、よくうちの図書館に来てくださっていたそうです」

「ええっ、そんな偶然ってあるの⁉　いや、あるからこそ、このノートが今、僕の目の前にあるんだよね！　でかしたよ、鈴村君‼」

小平は今にも踊りだしそうな勢いだ。

「まさに眼福《がんぷく》。早起きは三文の得って言うけど、今日は三両、いや、三万両くらい得したなぁ」

小平はうかれながらも、ちゃんと展示の解説に誤字脱字がないか最終点検をしてくれた。

八時半に来た落合が、完成形の写真をとって、SNS用の宣伝文を書いてくれる。

こうして『海賊サムライ』応援コーナーは完成し、無事に開館時間をむかえることができたのだった。

館長以下全スタッフが総力をあげて取り組んだ『海賊サムライ』応援コーナーは大人気で、ちびっこからシニアまで、いろんな人が来館してくれた。

特に好評だったのは遠野ハルカの本棚再現コーナーで、ちょっとしたフォトスポットとしてSNSをにぎわせている。

もちろんただ本棚を再現しただけでなく、「これが海賊入門書だ」と銘打った本の紹介カタログを作成して、スタンプを押せるようにした。

特に強く里帆が推したのは、真野が大好きだった海洋冒険小説だ。

キャプテン・ドレイクや無敵艦隊などは、推さないでも常に貸出中だが、違う時代の小説にまで手をのばす利用者は少ない。

「ボライソーか、なつかしいな」と手をのばしてくれるのは、たいてい里帆の父親世代の男性たちだが、たまに、「こんな小説もあるんだ」と興味をもってくれる中高生もいる。『海賊サムライ』をきっかけにホーンブロワーやボライソーを読んでくれる少年少女が増えたら、きっと真野も鼻高々に違いない。

おえかきノートのイラストを見た桐嶋は、口では「さすが東山さん。見事なものですねぇ」と感心していたが、びみょうにひきつった唇の端から「サービスでイラストなんか描く暇があったら、原稿を早く！」という心の声がだだもれていて、里帆は若干、申し訳ない気持ちになったものだ。

真野の妹、杏奈も遠野から来て、「鈴村さん、すごく素敵な展示でびっくりしました。兄さんも天国で絶賛してると思う。何よりファンの人たちが『海賊サムライ』と遠野ハルカを楽しんでくれてるのが最高」と、喜んでくれた。

最終日、カウンターで受付をしていた里帆の前にあらわれたのは、東山だった。

「えっ、どうして？」

東山が久しぶりにペンを持ち、真野がのこした最後のネームの作画にとりくんでいると聞いていたので、里帆はあえて声をかけなかったのだ。

「真野の本棚ならうちにあるし、なんでわざわざ図書館でって思ったんだが、絶対に行った方がいい。行かないと後悔するよ、って、真野の妹に脅されたんだ」

「それはまた……」

いかにも杏奈の言いそうなことだ。

里帆はふきだしそうになるのをこらえるのが大変だった。

ぶつぶつ言いながら来た東山だが、ファンたちにまじって展示を見た後、メッセージや感想にあふれたノートをずっと読んでいたのだった。

二

読書週間の終わりとともに『海賊サムライ』応援コーナーも撤去され、井の頭図書館に平穏がもどってきた。

里帆はなるべくいつも通りにふるまっているが、正直、抜け殻感がある。

仕事中もふとした瞬間に真野を思い出しては泣きそうになるし、猫たちだけが心のささえだ。

金曜日の深夜、里帆が布団の中でうとうとしていると、東山から電話がかかってきた。

どうやら東山はアナログ人間で、SNSのメッセージはもちろん、メールも苦手らしい。

「先日は図書館までご足労くださり、ありがとうございました」

(うん)

「メッセージノート読んでくださってましたね」

(みんなおれに続きを描いて欲しいって書いてたけど……)

「はい」

(……無理だな)

東山は暗いガラガラ声で、うめくように言った。

「えっ?」

(おれには無理だった。だから、あんたに謝っとこうと思って)

いきなり何を言いだすんだ、と、里帆は慌てた。

「あの、何が問題なんですか? ネームで行き詰まってるとか?」

(久しぶりのネームも行き詰まってるが、その前に、編集部からわたされた真野がのこしたネーム、背景にスペインの大艦隊が何度もでてくるんだよ)

「ああ、無敵艦隊ですね」

(今のおれのペースだと、背景だけで半年かかる)

十六世紀スペインの大小さまざまな帆船を何十隻もひとりで描くのは大変にちがいない。それは素人の里帆にもわかる。

とはいえ。

「でも、これまでも無敵艦隊勢ぞろいの絵は何度も登場してますよね。その時はどうしてたんですか？」

(アシスタントに描いてもらってた。けど、アシスタントに連絡してたの、真野だから)

東山はボソボソと言う。

「連絡先がわからないんですか？　真野さんのパソコンを見れば、過去にどの絵を誰が描いて送ってくれたのかくらいわかると思いますよ」

(おれ、どう指示だせばいいのかわからないから、無理だ)

なるほど、そうきたか、と、里帆は頭をかかえた。

編集者だけでなく、アシスタントとの連絡も真野が一手に引き受けていたのだろう。

「桐嶋さんには相談したんですか？」

(あのストーカー女、苦手なんだよ。押しが強すぎて怖いんだ)

「そうですか……」

『海賊サムライ』再始動にむけて、桐嶋は本当によくがんばっているように見えるのだが、皮肉なことに、その熱さがかえって東山の恐怖感をあおっているらしい。

「あたし、ちょっと桐嶋さんに連絡してみますね」

（そんなことしないでいい）

「ちょうど図書館のイベントで協力していただいたお礼を言わないと、と思ってたんです。複製原画とカラーパネルもお返ししないといけないし」

（おれのことは言わないでいいから）

言うだけ言って、東山は一方的に通話を終了してしまった。

天才の気持ちはよくわからないが、忖度《そんたく》するに、桐嶋に連絡してくれということだろうか。

いろいろ言っていたが、ペンを握ろうとすらしなかった頃にくらべたら、たいした進歩だ。

きっと真野の伝言や、両親の言葉、そして読者からのメッセージが東山の心を少しずつ動かしたのだろう。

時刻を確認すると、もう十一時四十分だったので、さすがにメールにすることにした。

複製原画とパネルの返却にうかがいたいので、いつなら都合がいいのか教えてほしい旨、ていねいな文面をしたため、送信する。

すっかり邪魔されてしまったが、もう十二時近いし、そろそろ眠ろう。

里帆が灯りをけした瞬間、スマートフォンから着信音が流れてきた。

桐嶋だ。

(鈴村さん、東山さんから何か聞きました?)

いきなり用件からきた。

「背景をアシスタントさんに頼めないそうです。今まで全部真野さんがやってくれていたから、指示の出し方がわからないって」

(はあ?)

「久しぶりのネームも行き詰まってるそうです」

(つまり両方行き詰まってるっていうことですか? どうしていっぺんに両方やろうとするんでしょうね。まずは直近の原稿の仕上げに専念すべきだと思うんですけど)

たしかに押しはかなり強い。

しかも正論である。

「それで、アシスタントへの指示をだすのが苦手な漫画家は、自分で背景を描くしかないんでしょうか? 東山さん、このままだと背景で半年かかるって言ってましたけど」

(ちょっと待ってください)

保留音になってしまった。

このままベッドで保留音を聞いていたら、寝落ちしてしまいそうだ。

里帆はおきだして、照明をつけた。

布団の上で丸くなっているアキが、まぶしそうな顔をする。

(お待たせしました。それは一枚描いて、拡大縮小してコピペすればいいんだそうです。全部同じ艦だと艦隊としてバランスが悪いから、大型艦から小型艦まで、三、四隻の雛型をつくっておいて、コピーして陣形をととのえた後、装飾や旗、船首像などをアレンジしていくのがいいだろうとのことでした。データだから左右反転も簡単にできるし)

どうやら桐嶋も誰かに教えてもらったらしい。

もしかして、まだ編集部にいるのだろうか。

「ああ、なるほど」

(そもそも、初登場の艦は描く必要がありますが、それ以外は過去の作画データが全部残ってるんじゃないかって言われたんですけど。そのへん真野さんは几帳面《きちょうめん》そうですし)

「そうですよね、真野さんですし。明日の夜にでも真野さんのパソコンを見に行ってきます」

(よろしくお願いします。それではまた)

おやすみなさいを言う暇も無く、通話は終了した。

結局パネルはいつ持って行けばいいのだろう。

首をかしげつつも、里帆はふたたびソラとアキの待つ布団にもどった。

『海賊サムライ』の応援コーナーも終わり、いつもの日常に戻ると、ふと、真野がいた日々は夢だったのではないかと感じることもある。

だが、東山と桐嶋は、まだ、真野がいた世界で生きているのだ。

まぶしくもあり、寂しくもある。


行かないで。

消えないで。

声を聞かせて。

ずっと心の中で叫んでいたけど、言えなかった。

言っても困らせるだけだと、わかっていたから。

真野さん、あなたがあたしの心にあけた穴は、ずいぶん大きくて、なかなか埋まりそうにありません……。

三

翌日は早番のシフトだったので、五時すぎに仕事を終えて、東山のマンションへむかった。

いつも差し入れはチキンナゲットだけなので、チキンタツタのハンバーガーとサラダも買ってみる。

「悪いな」

憔悴しきった様子の東山がでてきた。

髪がボサボサなのはもう見慣れているが、無精ひげまでのびている。

前回来た時に、まあまあ散らかりはじめていたリビングは、すっかりもとの惨状に戻っていた。

大量の煙草の吸い殻が、東山のストレスを物語っている。

だが、何より里帆の目をひいたのは、テーブル中央に置かれたB４サイズの白い漫画原稿用紙だ。

淡い水色で内枠や目盛りが印刷されている。

そしてシャーペンで描かれた、虎之助やドレイクたちの下書き。おおざっぱに背景のあたりもつけてある。

「東山さん、『海賊サムライ』の原稿ですね⁉」

「ああ。真野がきった最後のネーム、読むか？」

東山はＡ４サイズの紙を里帆にさしだした。

「いいんですか⁉」

里帆は震える手で受け取ると、一枚一枚、ゆっくりと読み進んでいった。

一枚を真ん中でわけ、左右二ページぶんの設計図がぎゅっと詰めこまれている。

いよいよ大西洋を北上してきたスペイン大艦隊を前にして、ドレイクと虎之助が作戦案について話し合うシーンからはじまっている。

もともとドレイクが主人公の漫画を描きたかったと言っていただけあって、下からのあおりの構図がやたらとかっこいい。

といっても、総じて絵はおおざっぱだ。

キャラクターの身体の大きさや向きがわかればいい、という程度の描き方で、大きなコマ以外は表情も入っていない。

背景も、マストや帆布が記号に近いくらい簡略化されている。

あとは東山におまかせなのだろう。

これに対し、ト書きや台詞の文字は丁寧で、何度も消したり書いたりして、推敲したのがわかる箇所もある。

決して達筆ではないが、読みやすい字だ。

これが東山の右手ではミミズ字になっていたというのだから、気の毒としか言いようがない。

「この先、いよいよ史上名高い、夜闇にまぎれての焼き討ち作戦がはじまるんですね」

このネームを真野が一所懸命考え、そして描いたのだと思うと、万感胸に迫るものがある。

これが真野の遺作なのだ。

またも涙があふれそうになるのを、里帆はぐっとがまんした。

だめだめ、今日は重大なミッションをになっているのだから。

「そして当然、スペイン艦隊とイングランド艦隊がにらみあう大きなコマがいくつもありますね。電話で半年かかるって言ってたのはこれですか？」

「ああ……」

東山は食べかけのハンバーガーを手に、暗い声をだした。

「真野のネームにはっきり艦隊って指定が入ってるコマは仕方ないから描くとして、この次の回は、それから一ヶ月後、で始めちゃだめかな……」

「だめでしょう」

里帆は思わず苦笑する。

「きっとこれまでできたいろんな艦船のデータが真野さんのパソコンに残ってると思いますよ」

里帆は、一瞬ためらったが、思い切って真野の部屋のドアをあけた。

本棚と椅子と机、そしてパソコンしか残っていない。

里帆はパソコンの電源を入れると、起動待ちの間、真野の部屋を見回した。

幸いパスワードは設定されていない。

というよりも、わざと設定を解除してくれたのだろう。

このパソコンに保存されている『海賊サムライ』の作画データを、東山が自由に使えるように。

「それにしてもこの部屋、すっからかんですね……。真野さんが自分で?」

「ああ、いつのまにかベッドもテレビもなくなってた。作りつけのクローゼットも空っぽだ。リサイクル業者をよんだんだろうな」

暇だから終活をしているとは聞いていたが、見事なものである。

……見事だが、少し寂しい。

「お気に入りの本だけは最後まで手放せなかったんですね。その気持ちはよくわかります」

「そうか？　本はたぶん、あんたにもらってほしくて残したんじゃないのかな」

「えっ、これ全部ですか？」

「たぶんだけどな」

「お気持ちはありがたいけど、でも、うち、これ以上本を置く場所がないので……」

ただでさえ父の蔵書が段ボール五箱ぶん、玄関先に積まれたままなのである。

「じゃあここに置きっぱなしでいいよ。読みたい本だけ持っていけばいい」

「それは助かりますが……」

里帆はまず真野のメールソフトを起動した。

予想通り、メールの受信フォルダも、仕事、友人、家族などにきっちり区分けされている。

仕事のメールが入ったフォルダを見ると、「背景できました」「画像データおくります」などの件名がついたメールがずらりと並んでいた。

添付ファイルの拡張子はclip。

「これが背景のデータかな？」

里帆が添付ファイルを開くと、見覚えのある宮殿が描かれていた。

「バッキンガムだ……」

東山がつぶやく。

エリザベスI世のシーンに使ったのだろう。

「これも、これも」

里帆がファイルを次々に開いていくと、どれも、建物や艦船などの画像ファイルだった。中には大勢の男たちが甲板上で剣や短刀をふりまわす白兵戦の場面もある。

「やっぱりクリスタですね。うちの図書館でアルバイトをしている美大生が、漫画やアニメの作画で使うソフトで一番メジャーなのはこれだって教えてくれたんです。真野さんはこのクリスタっていうソフトを使って、東山さんの原稿に、アシスタントさんたちから送られてきた背景データを合成してたんでしょう」

「へぇ」

「このメールのやりとりを見れば、アシスタントさんたちのメールアドレスもわかるし、どんなふうに真野さんが指定をだしていたのかもわかりますよ」

「なるほどな」

「あと、ベタや効果トーンもパソコンを使ってたって、これは本人が言ってました」

「真野からそんな話も聞いてたのか」

「これでも『海賊サムライ』のファンなので、いろんな話を聞くのは楽しかったです。あ、桐嶋さんに送る時は、psdっていう拡張子のファイルになってますね」

「ああ、それはフォトショップだ。おれも時々、カラーイラストで使うから知ってる」

「なんだ、東山さんも、パソコンを使おうと思えば使えるんじゃないですか」

「いや、わからないところはいつも真野に教えてもらってた」

真野さん、甘やかしすぎです。

里帆は喉まででかかった言葉をぐっとのみこむ。

「……クリスタの使い方は、美大生に教えてもらえますよ」

「そりゃいいな。あんた、教わってきてくれよ」

「あたしですか？」

里帆は目をしばたたいた。

「おれはネームだけで頭が爆発しそうなんだよ。作画ソフトの使い方なんて教わってる余裕があると思うか？」

「……それは、まあ、そうでしょうけど……」

どうしたものだろう。

たしかに東山は今、せっぱつまっている。

それは間違いない。

だが自分に作画ソフトが使いこなせるだろうか。

「考えてみますね。とりあえず今日のところはここまでで」

里帆が玄関で靴をはいていると、ピンポーンとインターフォンがなった。

「こんばんは、桐嶋です。東山さん、いますよね？」

昨夜聞いたばかりの声がドアごしにひびく。

里帆がドアをあけると、桐嶋が両手いっぱいに荷物をさげて立っていた。

「駅ビルで美味しそうなオードブルの盛り合わせ買い込んできたので、ご一緒にどうですか？　ケーキやお酒もあります」

どうですか、と、言いながら、里帆をリビングにむかって押し返す。

帰るという選択肢は認められていないようだ。

桐嶋はソファ用のローテーブルに食べ物やお酒を手際よく並べていった。

オードブルの盛り合わせには、もちろん、鶏の唐揚げがたくさん入っている。

「それで、艦隊問題は解決したんですか？」

「七割くらいは解決したと思います」

桐嶋はオードブルをすごい勢いで平らげながら、里帆の話に耳を傾けた。

「それで、真野さんのかわりに、作画ソフトで原稿の仕上げをしてくれるアシスタントさんを入れたらいいんじゃないのかなと思ったのですが」

「なるほど、そういうことですか。ちなみに鈴村さんはどうですか？」

桐嶋の前で、借りてきた猫のようにおとなしくしていた東山が、急に顔をあげた。

無言だが、目力がすごい。

「あの、まあ、一回だけならお手伝いに入れないこともありませんが、毎回はちょっと。図書館の仕事もありますから」

「両立は難しいですか……」

「そもそもあたし、公務員ですから」

「まあそうですよね。じゃあ、東山さんのマネージャー兼アシスタントということで、漫画に専念していただくというのはどうでしょう？」

「えっ⁉」

いきなり何を言いだすんだ、この人は。

「それがいいな。そうしろよ。給料はちゃんと払うから」

「東山さんまで、何を言ってるんですか」

「だって他に心当たりないし……」

「それはそうでしょうけど、こちらにも都合が」

「鈴村さん、真野さんのためにも『海賊サムライ』の完結を手伝っていただけませんか？」

はやくもへべれけに酔っ払った桐嶋が、和栗のモンブランをさしだしながら、里帆に迫ってきた。

真野のために、という必殺のキラーワードが入っているのが卑怯だ。

東山ではないが、すごい圧迫感だ。

「あの……桐嶋さんって、そういう、情に訴えるタイプの人でしたっけ？」

「まあ、ここ一ヶ月で、あたしもいろいろあったんですよ。真野さんに、桐嶋さんが担当でよかったって言われたのが一番こたえました」

「え……？」

真野が事故で亡くなってから、もう二ヶ月以上がたっている。

もしかして、真野は、桐嶋のところにも出没したのだろうか……。

「とにかく前向きにお願いします！　こっちの苺ショートもあげますから！」

桐嶋と東山の二人に手を握って懇願され、里帆は困りはてたのであった。

四

月曜日の夜八時すぎ。

帰り支度をしている小平をつかまえて、里帆は事情を説明した。

「えっ、『海賊サムライ』を手伝ってほしいって頼まれてるの!?」

小平は驚きのあまり、金魚のように口をぱくぱくさせている。

「どうしたものか自分でも迷ってるんです……」

「どうして？　普通は迷わないんじゃない？」

「そうですよね、せっかく公務員の、しかも正規の図書館司書になれたのに」

市役所勤務の間、毎年図書館への転属願いをだし続け、ようやく井の頭図書館に配属された時の嬉しさは今でもよく覚えている。

「いやいや、そこは、せっかく遠野ハルカ先生に声をかけてもらったのに、でしょう？」

「そうでしょうか……」

一度退職したら、もう、公務員に戻ることは難しいだろう。

単年度契約の司書にならなら戻れるかもしれないが、かなり不安定な生活になる。

「鈴村さん、迷いが生じるのは、それだけ心ひかれているからだよ」

「……はい」

真野が人生のすべてをそそぎこんだ『海賊サムライ』。

手伝いたくないはずがない。

「僕くらいの年齢になるとね、住宅ローンもあるし、子供の受験費用も準備しておかないといけないないし、親の介護だっていつ現実になるかわからない。だからなかなか冒険にふみだすことはできないんだ。でも鈴村君は違うでしょう？　冒険できるのは今のうちだよ」

「……！」

さすが『海賊サムライ』の大大大ファン。

言うことがかっこいい。

「今、館長にキャプテン・ドレイクがかぶって見えました……」

「えっ、本当に？　照れるなぁ」

いわゆるドヤ顔で、小平は胸をはった。

「あっ、ただし、ひとつだけ条件がある」

「はい？」

「もし鈴村君が退職することになっても、あのカッパのおえかきノートは置いていってもらっていいかな？」

「わかりました」

小平の真剣な眼差しに、思わず里帆はふきだしてしまった。

数日後、里帆は小平に退職願を提出したのだった。

書類上は十二月末日付の退職だが、未消化の有給休暇がかなり残っていたため、井の頭図書館での勤務は十一月いっぱいで終了となった。

『海賊サムライ』再開にむけて遠野ハルカを手伝うことになったと明かしたら、職員たち全員にうらやましがられ、快く送りだしてもらえた。

「真野さんの部屋しかあいてないんだけど、いいかしら？」

生活能力のない東山にかわって、あれこれ仕切ったのは桐嶋だ。

「いいも悪いも、他にあいてる部屋ないですよね？」

「そうなのよ。それにしてもリビングもキッチンも、あとトイレもひどいから、週五で家政婦さんに来てもらうことにしたわ。だから安心して」

「助かります」

東山は他人が家に来ることが大の苦手なので、家政婦が来ている間は自分の部屋にこもることになりそうだ。

気の毒だが、トイレが汚いのはつらいので、我慢してもらうしかない。

真野のパソコンをそのまま使ってもいいと言われたのだが、万一、壊してしまったらと思うと心配なので、新しいパソコンに、必要なファイルだけコピーさせてもらうことにする。

ふと見ると、本棚の上から二番目の段に、ホーンブロワーのペーパーバックと英和辞書が入っていた。

しおりの位置は、真ん中より少し後ろくらい。

どうやら最後までは読めなかったようだ。

だから、現世にもう少し居残ればよかったのに、と、里帆はペーパーバックをつつきながら思う。

自分には霊感がないので、真野が本当に四十九日で消えてしまったかどうか、確認のしようがない。

だが、あの校舎の屋上でのやりとりを思うと、やはり真野は、お別れを言いにきてくれたのだと納得せざるをえない。

真野は里帆に、ありがとうと言うためにあらわれたのだ。

……よく考えると、本人から直接、きれいな髪だとほめてもらったことはない。

もちろん好きだとも言われていない。

ひょっとしたら、あのキスは、お別れのキスだったのかもしれない。

結局、里帆の片想いだったのだろうか。

それとも、これから消えようとしている自分が里帆の心を乱すのも、と、真野が得意の気配りをしてくれたのだろうか。

里帆にしても、はっきりと自分の気持ちを言葉で伝えられなかったのだから、真野に文句を言えた義理ではないのだが。

でも、あの声で、言ってほしかった。

手も、唇も、東山からの借り物だったけど、あの声だけは、本物だったから……。

五

季節はいつしか真冬となり、吉祥寺でも駅前のクリスマスイルミネーションがはなやかにきらめいている。

里帆も去年までは図書館、特に児童書コーナーをいかに楽しく飾り付けるかに工夫をこらしたものだったが、今年は特にやることがない。

東山はクリスマスどころではないし、そもそも興味がなさそうである。

当日、友人たちとSNSでメリークリスマスのスタンプを送りあうくらいだった。

なかにはちょっと長めの動画を送ってきた人もいる。

ほとんどができあいのアニメーション動画だが、なかには飼い犬や飼い猫のかわいい自作動画もある。

片っ端から動画をひらいていた里帆の指が、ピタリと止まった。

真野から動画が送られてきている。

もしかして、いまでもずっと東山に憑依しているのだろうか……？

里帆はふるえる指先で、動画をひらいた。

画面いっぱいに夜空がひろがる。

(メリークリスマス、鈴村さん)

なつかしい甘い声だ。

(お元気ですか?)

(このメッセージが届いている頃、僕はもう、消えていることでしょう)

どういうこと?

動画を再生しながら里帆はとまどう。

(鈴村さんのおかげで、僕の憑依霊ライフはとても幸せなものとなりました)

(実は、僕はずっとまえから、鈴村さんのファンでした)

(よく子供たちに本や物語の楽しさを教えてましたよね? この人は本当に本が好きなんだな、と。そして、なんてきれいな髪なんだろう、と、思っていました)

それは桐嶋さんから聞いたし、東山さんも妹さんも知ってましたよ。

クスッ、と、笑みがもれる。

(だからあの雷雨の夜、ノクターンで同じ本を読んでいるのを見つけた時には、心の底から自分の幸運に感謝したものです)

(意外に思われるかもしれませんが、生前の僕はとても小心者だったので、たとえ同じ状

況で鈴村さんに会っても、ひとことも発することはできなかったことでしょう）

（僕はもう死んでるんだし、これが鈴村さんに話しかける最初で最後の機会かもしれない。その想いが僕に勇気をくれました）

（でも、やっぱり僕にはそれが精一杯で、いちばん大事なひと言を伝える勇気がでませんでした）

（愛してる）

（愛してる。何よりも。誰よりも）

（そして、ありがとう）

（僕は消えてしまっても、ずっとずっとあなたの幸せを祈っています）

（メリー・クリスマス）

最後の方は、涙でほとんど見えなかった。

真野はおそらく、十月前半の、まだ東山の身体を動かせるうちにこの録画をして、送信日時予約指定をしておいたのだろう。

遠くへは行けなかったはずなので、場所はマンションのベランダか、屋上あたりか。

……こんな不意打ちをしてくるなんて、あんまりだ。

いざという時にかぎって、臆病で、奥手な小心者じゃなかったの？

嘘つきなんだから。

涙があふれて止まらない里帆に驚き、ソラとアキが不思議そうな顔をしている。

「大丈夫だよ。びっくりしただけ」

里帆はふわふわの背中をなでて、深呼吸した。

里帆もベランダにでて、夜空を見上げた。

あの嵐のような雷雨の夜からまだ三ヶ月しかたっていないのに、こごえるように寒い。

月はなく、ぽつり、ぽつりと、星がまばらに輝いている。
ほとんど雲のない、冬晴れの暗い夜空は、真野の深い漆黒の瞳を思いださせた。
天国からも、夜空は見えるのだろうか。

あたしの幸せを祈ってくれてありがとう。
長くて短い四十九夜の間、あなたも幸せでよかった。

目を閉じて、やさしく甘い声を想う。

愛してる……。

あとがき

こんにちは、または、はじめまして、天野頌子です。

久しぶりに幽霊譚を書きました。

手を握れるけど握れない、限りなくストイックな恋物語です。

四十九日に関する設定は、もちろん創作です。小説なので。

ここ十年ほどで家族、親戚、友人などをたくさん送ってきましたが、亡くなった人の魂はおだやかであってほしいという願いをこめてみました。

さて、今回ほど自分の経験が元ネタになっていながら、役に立たなかった作品は初めてかもしれません。

まずは図書館司書の業務について。

実は私自身も、学生時代、大学の附属図書館でアルバイトをしたことがあります。

その時の業務内容は、カウンターでの貸し出しと返却の受付、および、返却されてきた図書の書架への戻しでした。

バイト代は格安でしたが(汗)、貧乏学生だったので、冷暖房がきいているのがとても嬉しかったのを覚えています。

しかしそれだけの乏しい経験ではさすがに里帆《りほ》の職務内容をカバーしきれません。

そんな時はあれですよ。

本職にきけ！

というわけで、現役司書のゆみくんさんにいろいろ教えていただきました。

ゆみくんさん、お忙しい中、ありがとうございました。

次に漫画について。

これまた私は学生時代、漫研で漫画を描いておりました。

その上、漫画家のアシスタントをしていたこともあります。しかも吉祥寺でした。

というわけで、真野《まの》と東山《ひがしやま》に関しては何の調べ物もせずさらさらっと……書けたらよかったのですが、残念ながらそうは問屋がおろしません。

当時は、カラー原稿はともかく、白黒原稿はまだアナログ作画が主流の時代で、まさに紙とペン（とスクリーントーン）による手作業だったのですが、ここ十数年で怒濤《どとう》のようにデジタル化が進行。

その道三十年のベテラン漫画家ならともかく、まだ三十一歳の真野と東山が完全アナログというのは不自然なので、コミック乱で『お江戸八百人間模様』を連載中のじゃんぐる堂さんにいろいろ教えていただきました。

ちなみに、二人組の漫画家というと藤子不二雄《ふじこふじお》先生が有名ですが、実はじゃんぐる堂さんも、ぷーさんとすーさんという二人組の漫画家です。

東山の職人気質を強調するために、あえてペン入れなどアナログ要素を残したところもありますが、じゃんぐる堂さんの作業分担の仕方などはとても参考になりました。

本当にありがとうございました。

少年ギャング編集部の桐嶋《きりしま》について。

自分では編集者の経験はまったくないのですが、職業柄、文芸や漫画の女性編集者はたくさん知っています。

しかしこれまた残念ながら（？）みなさん温厚かつ優秀で、仮に東山を担当することになっても、うまくサポートできそうです。

まったく参考になりません。

しかしここでも「若い女性編集者はファッション誌に配属されることが多いですね。ファッション誌の編集部は独特で」というこの作品の編集者さんからの耳より情報で、桐嶋のおしゃれ女子編集者としてのキャラクターが確立。

今回書いていて一番楽しかったのは桐嶋かもしれません。


ところで最初にプロットを書いた段階では、ブックカフェで真野と里帆が読んでいた本を何にするかは決めていませんでした。

ベストセラー小説ではなく、一昔前のちょっとマニアックな小説の方が面白いかな、くらいのつもりでしたが、「実在の本がいいですね」と編集者さんからのお言葉が。

海賊漫画の作者が読んでいる小説は何かしら？

やっぱり海賊もの？とは思ったのですが、とっさに思い浮かびません。

漫画ならいくつか思いついたのですが。

海、海。

海軍ならホーンブロワーやボライソーがあるんだけどなぁ。

……それだ！　海洋冒険小説でいこう。

実は私も中学生の時にホーンブロワーにはまり、その後、ボライソーに進んだくちなのです。

今回初めて、自分の経験が役に立ちましたよ！

しかも「このへんにボライソーが入っていたような……」と、本棚をあさっていたら、奇跡的に『砲艦ホットスパー』のペーパーバックがでてくるし。

これには本当にびっくりしました。

まったく記憶にないのですが、大学の卒業旅行でロンドンにも三泊したので、その時、手に入れたようです。

しかし買ったことで満足し、一度も開くことはなく、その存在すら忘れていたのはいかがなものか。（たぶん里帆の父も同じパターンだと推測しています）

それはさておき、真野が海洋冒険小説好きであるという設定が追加されたことで、この作品の世界がずいぶん広がったなぁ、と、感じております。

『海の男／ホーンブロワー・シリーズ』『海の勇士／ボライソー・シリーズ』など多数の

海洋冒険小説を翻訳し、日本での刊行に尽力された故・高橋泰邦《たかはしやすくに》先生に心からの感謝を捧げずにはいられません。

どうもありがとうございました。

二〇二二年　秋　天野頌子

（追伸）新刊やイベントのお知らせはツイッター（@AmanoSyoko）とインスタグラム（@amano.syoko）で行っています。と言いつつ猫とテレビの話多めですが。

参考文献

『海の男／ホーンブロワー・シリーズ』（全十巻）セシル・スコット・フォレスター／著　高橋泰邦・菊池光／訳　早川書房
『永遠の帆船ロマン―ホーンブロワーと共に―』高橋泰邦／著　雄文社／発行　大盛堂書店出版部／発売
『海の勇士／ボライソー・シリーズ』（全二十八巻）アレグザンダー・ケント／著　高橋泰邦・高沢次郎・高津幸枝・大森洋子／訳　早川書房
『海賊キャプテン・ドレーク　イギリスを救った海の英雄』杉浦昭典／著　講談社
『世界史をつくった海賊』竹田いさみ／著　筑摩書房
『イギリス海賊史』（上・下）チャールズ・ジョンソン／著　朝比奈一郎／訳　リブロポート

『図説 スペイン無敵艦隊 エリザベス海軍とアルマダの戦い』アンガス・コンスタム／著
大森洋子／訳 原書房

『スペイン無敵艦隊』石島晴夫／著 原書房

Hornblower and the Hotspur C.S.Forester Penguin Books

光文社文庫

文庫書下ろし
四《し》十《じゅう》九《く》夜《や》のキセキ
著者　天《あま》野《の》頌《しょう》子《こ》

2022年11月20日　初版1刷発行

発行者　鈴木広和
印刷　新藤慶昌堂
製本　ナショナル製本

発行所　株式会社 光文社
〒112-8011　東京都文京区音羽1-16-6
電話 (03)5395-8149　編集部
8116　書籍販売部
8125　業務部

落丁本・乱丁本は業務部にご連絡くだされば、お取替えいたします。
ISBN978-4-334-79446-0　Printed in Japan

組版　萩原印刷

光文社文庫最新刊

暗約領域　新宿鮫11	大沢在昌《ありまさ》
展望塔のラプンツェル	宇佐美まこと
サイレント・ブルー	樋口明雄
四十九夜のキセキ	天野頌子
毒蜜　闇死闘　決定版	南　英男
復讐の弾道　新装版	大藪《おおやぶ》春彦
愛憎　決定版　吉原裏同心⒂	佐伯泰英